Sonya
ソーニャ文庫

寡黙な皇帝陛下の無邪気な寵愛

八巻にのは

イースト・プレス

contents

プロローグ

「余に、卑猥な夢を見せてほしい」

凜々しい顔が、躊躇いもなく言い切った。

恥じらいもせず、戸惑いもせず、男は蒼い瞳をターシャに向け続ける。

「いや、すごく卑猥なものにせよ」

「すごく……」

「すごくだ」

「ひ、卑猥な……？」

「うむ」

告げられた要望自体は、ターシャにとって馴染みのあるものだった。

定住地を持たず、風の向くまま各地を転々とする者——【流れる風の民】と呼ばれる一族に属するターシャは、小さな頃から不思議な力を持っている。

彼女の力は、人の夢を操るというものだ。

自分の好きに夢を見せるほどの力はないが、人の願望を夢に反映させることができるのである。故に彼女の元には多くの客が夢を見せてほしいとやってくる。

そして客たちは、みな口々にこう言うのだ。「淫夢を見せてくれ！」と……。

ターシャが見せられるのはその人が望む夢であり、淫夢に限ったわけではない。

なのに最初の客にうっかり淫夢を見せてしまって以来、それが評判になり同様の仕事しかこなくなってしまったのだ。

そのせいでターシャはいつしか【淫夢の魔女】と呼ばれるようになり、旅する先々で噂を聞きつけた者たちが「淫夢を見たい」とやってくる。中にはものすごく遠くから、淫夢目的でターシャを訪ねる者もいた。

客には貴族や豪商など金持ちも多いが、今目の前でターシャを見つめる相手はただの金持ちではない。

（まさか、こんな人にまで淫夢を望まれるなんて……）

薄暗い部屋の中、寝台に腰を下ろすその人物は、ターシャが滞在している国『メルデス』の皇帝『バルト＝デル＝メルデス』本人なのだ。

まだ三十を超えたばかりらしいが、一年ほど前に皇帝の座についた彼の名と功績は、ターシャが旅してきた遠い異国にも届いていた。

彼の父である前皇帝は血も涙もない独裁者で、メルデスの国民に過剰なほどの税を強いていた。特に戦争によってメルデスの統治下となった属州への徴税は厳しく、三年ほど前ついに大規模なクーデターが起きたのである。

その際、クーデターを起こした反乱軍側につき前皇帝を打ち倒したのがバルトだ。反乱軍と共に前皇帝を廃した彼は、父であろうと容赦なく断罪し自らの手でその首を切り落としたと言われている。

父の返り血を浴びながらも表情ひとつ変えず、落ちた首を抱えたまま玉座に着く姿を見た者たちは恐怖すら覚えたという。

そのうえ彼は、まるで生き写しかと思うほど前皇帝の若い頃に似ていた。当時はまだ二十代だったそうだが、自分とよく似た父の頭を抱える姿はあまりに異様だったそうだ。

国民は彼の功績を称えつつも、一方でその容姿に前皇帝の影を見て、怯えている。

それは彼が皇帝となり、その政治手腕が評価されるようになった今も続いており、彼は国民からは尊敬と畏怖という、相反する感情を同時に集めているらしい。

そんな話を聞いていたターシャは、皇帝のことを偉大で恐ろしい男だと思っていた。

だが目の前に座す男を見ても、不思議と恐怖は湧いてこない。むしろターシャの心を乱すのは恐怖ではなく戸惑いだ。

（……い、偉大な皇帝陛下が卑猥って言った……）

などと思ってしまったターシャを、誰が責めることができようか。突然皇帝の前に連れてこられたあげく、淫夢を見せろと言われるなんて思ってもみなかったのだ。

「できぬのか？」

尋ねる口調はどこまでも平坦で、その顔にはやはり何の感情も浮かんでいない。あまり顔に表情が出ないと噂では聞いていたが、本当に何を考えているのかわからない。

だが質問を無視していては、きっと気分を害するだろう。

ターシャは慌てて姿勢を正し、震える声で「できます」と囁いた。

その声が小さかったせいか、バルトはゆっくりと寝台を降り彼女の前に膝をつく。

側で見ると、バルトはとても大きくて逞しい男だった。だが近づいてくるとき、彼は僅かに足を引きずっていた。威風堂々とした振る舞い故に一瞬気づかなかったが、もしかしたら反乱の際に傷を負ったのかもしれない。

おずおずと顔を見上げると、バルトには右眼にも大きな傷を負っていた。額から頬までざっくり切り裂かれたらしく、眼球にもうっすらと傷がついている。反対の目は普通のようだが、彼は長い前髪を半分下ろし、傷のないほうの目元を隠していた。

その下が気になり、思わず長い髪の隙間から彼の顔を覗いたターシャは、そこで小さく息を呑む。

（この人……すごく綺麗……）

無表情と傷のせいで恐ろしい印象を与えがちだが、ターシャを見つめる面立ちは美しく整っていた。と言っても女性的な要素はなく、鋭い目鼻立ちは凛々しく男らしい。

なのに、逞しさや男らしさと同じくらい美しいという表現がバルトには似合う。

そしてターシャは、昔から美しいものが好きだった。特に草花や動物といった、美しい生き物が好きで、見ると触れたくなってしまう。

もちろん相手が人である場合は許可なく触ったりはしない。だが目の前で自分をじっと見つめているバルトを見ていると一瞬我を忘れた。

「綺麗……」

感嘆とした声を上げ、ターシャはバルトの頬にそっと触れる。

バルトはなすがままだった。細い指が顔の傷に触れたときは僅かに目を見開いたが、ただじっとされるままになっている。

むしろ先に我に返ったのはターシャだ。自分が触れているのが皇帝であることを思い出し、顔がさぁっと青ざめる。

謝罪の言葉すら口に出せず情けなくアワアワしていると、バルトが僅かに顔を傾ける。

まるでターシャの手にすり寄るかのような仕草(しぐさ)に、ターシャは慌てて手を放す。

「も、もももももうしっ、わけ……」

「もう、よいのか？」

「いえっ、はい……、いやあの……」

泣きそうな顔で動揺するターシャを見て、バルトが小さく笑った。

初めて彼が見せた笑顔はとても慎ましくて、やはり綺麗だった。

「それで、夢は頼めるのか？」

「ひ、卑猥な夢……ですよね」

「そうだ」

「大丈夫です。ただあの、急なことなので、あの……」

しどろもどろのターシャを見て、バルトは彼女の手を引き共に立ち上がる。

「急な要請で戸惑っているのだろうな」

バルトはふらつくターシャを立たせ、暖炉の側に置かれた敷物の上に座らせた。毛足が長くフワフワとした敷物の上に座し、バルトから渡された花茶を飲むと、ターシャはようやく落ち着きを取り戻す。

でも改めて自分の状況を認識しても、現実感はまるでない。そもそもこの部屋に連れてこられる流れも異常だったのだ。皇帝であるバルトと対面することになったきっかけを思い出しながら、ターシャは花茶の注がれた茶器をぎゅっと握り締めた。

第一章

流れる風の民――通称【ルシャ】と呼ばれる彼らは、定住地を持たずオルキオラ大陸の国々を移動しながら暮らしている。

元々は高原に住まう遊牧民だったが、今から二百年ほど前に起きた戦争で、彼らは住む土地を追われた。

土地を追われた一番の理由は、ルシャの持つ不思議な力への偏見だ。古くから、他の一族にはない不思議な力をルシャは持っていた。

未来を見通す力、動物と意思疎通ができる力、風を操る力、そしてターシャの持つ夢を操る力もそのひとつだ。

そのどれもがささやかな力だし、ルシャはそれを決して悪用しない。だが力を持たぬ人々の目には奇妙で恐ろしいものに映るようで、故郷を追われた彼らを受け入れてくれる国は今もない。故にルシャは少数ずつのグループに分かれ、馬車で旅しながら各地を転々としている。

そんなルシャとして生まれたターシャは、幼い頃に両親を亡くし祖母のキーカに育てられた。祖母には未来を見る力があり、それを用いた占いで生計を立てている。

ルシャの力を恐れる者もいる一方、その特異な能力を求める人もまたいるのだ。特に占いはどの街に行っても盛況で、ターシャがこの年までひもじい思いをせずにすんだのはキーカのお陰だと言える。

とはいえキーカ自体はなかなかに個性的な人物で、共に旅をするグループの中でもかなり浮いていた。

ルシャは伝統を重んじ、装いや振る舞いも独特だ。旅をして暮らすにも拘らず、ルシャの言葉を重んじ他国の言葉がつたない者もいる。

だがキーカはグループの中で一番年配なのに、伝統をさほど気にしない。ルシャの民族衣装を平気で着崩し、アレンジし、旅先で買ったスカーフやアクセサリーをジャラジャラつけている。髪だって、自然のままをよしとするルシャとは思えない奇抜な結い方をしている。

五ヵ国語を流暢に操り、ルシャの食事しか口にしない仲間を置いて、立ち寄った場所の名産品や珍味を好んで食べるのがキーカという女性なのだ。

そんな祖母に育てられたターシャもまた、ルシャにしては考えが柔軟だ。とはいえ個性的すぎるキーカと仲間の橋渡し役をせねばならなかったため、彼女ほどの奔放さはない。それでも食事などにこだわりはないし、話せる言葉もキーカと同じく多様だ。ルシャの民族衣装こそ纏っているが、街で見かける女の子たちが身につけるドレスやアクセサリーにも興味はある。

ただしそれが似合うと思えないので、手にしたことはない。

理由は、ルシャだけが持つ濃い肌の色だ。ルシャは皆褐色の肌を持ち、髪は闇のように黒い。ターシャの父はルシャの男ではなかったため、祖母や仲間たちと比べると肌の色は明るいが、それでも旅先では物珍しそうな顔を向けられる。

その上ターシャは、物静かでおっとりしている性格とは裏腹に目鼻立ちがはっきりしていて、女性にしては顔立ちが鋭すぎるとよく言われる。

そんな自分には鮮やかなドレスは似合わない気がして、キーカのように着慣れぬ服に袖を通す勇気は出なかった。

それでも他の文化への好奇心と寛容さは、旅暮らしには向いていた。行く先々に新しい発見が待つ生活は楽しかったし、個性的な祖母もターシャはとても好きだった。

だがその生活に、変化が訪れたのは一年ほど前のことだ。

それまでは何の能力もなく、キーカの手伝いを仕事にしていたターシャに突然、夢を操る力が発現したのである。

ルシャの力が発現すると、その証(あかし)が右手の甲に痣(あざ)となって現れる。その形から自分に備わったのが夢に関する力だとわかったとき、ターシャが感じたのは落胆だ。未来を見る力なら役に立てるし、動物や植物の声を聞く力があれば、薬師や家畜の世話係として重宝される。だが夢を見せる力は、何の商売にもならない力だと言われていたのだ。

その上ターシャの力は弱く、思うがまま夢を操れるほどでもない。もっと違う力だったら、お金を稼いでキーカに恩返しができたのにと彼女は落ち込んだ。

だがその考えを変えてくれたのも、キーカだった。

『どんな力にも意味はあるし、やりようによっては商売になる』

彼女の言葉で、ターシャは何か新しい仕事を始められないかと悩んだ。

三日三晩考え続けた末、ターシャは客に夢を提供する店を思いついたのだ。

『あなたが望む夢を何でも見せます。一晩八百ユルンから』という文言と、『夜の夢』という屋号(やごう)が書かれた看板を小さなテントの横に立てたところ、意外にも客は入った。

――しかし問題は、客たちの望みがターシャの想定とは違ったことである。

夜の夢という屋号がいけなかったのか、大人びて色っぽいターシャの容姿のせいなのか、客たちはいかがわしい店だと勘違いしてきたのである。

そして彼らは口々に『ものすごく卑猥な夢を見せてくれ!!』と言うのだ。

もちろん最初は抵抗があったが、その手の望みは少数派でいずれ真っ当な夢を望む客も来るだろうと思って引き受けた。それが、運の尽きだった。

評判が評判を呼び、女性男性問わずターシャに淫夢を見せてほしいと頼む客は急増した。お陰で恐ろしいほどの稼ぎになったが、客が多すぎてさばききれず途中からは時間制限まで設けたほどだ。

それでも昼も夜も客は途切れず、新しい土地に移動しても追いかけてきて、夢を見せてほしいと懇願する常連までいる始末である。

それを半年ほど続けた結果、ターシャの心労は募りもう限界だった。

夢を見せるのは簡単だ。だが問題は、夢を見せるときターシャもまたその夢に入り込まねばならないことである。

もちろん邪魔にならないように隠れているが、あられもない声や物音は聞こえてくる。中には行為を見てほしいと言ってくる者までいる。そんな夢を何回も何回も見せられるうちに、ターシャの精神はすっかりすり切れてしまった。

やめたいと、何度思ったかわからない。しかしターシャの稼ぎによって仲間たちの懐もまた潤い、周りから口々に『やめるなんてとんでもない』と言われてしまえば嫌とは言えない。

客たちの要望が過熱しすぎる前に次の場所に旅立てるのが唯一の救いだったが、常連が増えることで日に日にやつれるターシャはひどい有様だったのだろう。

次の移住地を帝国の首都『グルダンク』に決めたとき、さすがに今回は休んでいいと仲間たちから言われた。

グルダンクは移民が多いため、ルシャへの偏見も少ない。そこでならターシャの店がなくてもそれなりに客は来ると踏んだのだろう。だからこの都では夢を見せる仕事をせず、ゆっくりできるとターシャは喜んでいた。

ルシャがひとつの場所にとどまるのは一月(ひとつき)から二月(ふたつき)ほど。今回も無事商いができる広場を見つけられたし、あとはのんびり穏やかな日々を送れるはずだった。

「……あなたが、【淫夢の魔女】殿ですか？」

しかし広場にテントを設置した日の夜、ターシャの平和な日々はさっそく終わりを迎えた。見知らぬ男の質問に頷(うなず)いた直後、彼女は突然何者かに襲われ意識を奪われ、拉致(らち)されてしまったのである。
◆◆◆

（人買いに売られるのと今の状況、どっちがマシだったんだろう……）

皇帝の寝所に連れてこられたときのことを思い出しながら、ターシャは思わずため息をこぼす。夢だったらよかったのにと思うが、何度瞬きを繰り返しても、彼女をじっと見ている皇帝バルトの姿は消えない。

　それどころか、お茶を飲んでいるうちに彼との距離が少しずつ近くなっている気がする。

「落ち着いてきたか？」

「い、一応……」

　自分をじぃっと見つめている皇帝バルトの視線から目を逸らしながら、ターシャは握り締めていた茶器を置く。

「私は、陛下に淫夢を見せるために連れてこられた……という解釈でよろしいですか？」

「ああ。どうしても、そなたの力がいるのだ」

「り、理由をお聞きしてもよろしいでしょうか？」

　黙って従うべきなのかもしれないが、強引な方法で連れてこられたからには事情くらいは知りたい。

　そんな気持ちで尋ねると、バルトは躊躇うことなく頷いた。

「そなたの見せる淫夢はすさまじく卑猥だと聞いたからだ。どんな者も、その夢の前ではなすすべもなく射精すると」

「た、たしかにその……皆さん起きたときは色々すごいことになってますけど……」

「余も、そうなりたい」

「いやでも、陛下でしたら夢になど頼らずとも、お好きな方とお好きなように愛し合えるのでは？」

「それが無理だから、そなたを呼んだ」

そしてバルトは、表情を変えることなく言葉を続けた。

「余は、生まれてこのかた一度も勃ったことがないのだ」

「へ……？」

「女性の手でも、男の手でもだめだった。老若男女問わず、国中の美男美女からブサイクまで、ありとあらゆる者を呼びよせ、余のモノをどうにかしようとしたがだめだった」

「待ってください。勃たないって、あの、その……アレですか？」

「アレが性器を指すならそのとおりだ」

「だ、だから私の力で……？」

「勃たせてほしい」

「へ、陛下のアレを……ですか？」

「勃たせ、射精したい。世継ぎを作るためにも、これは急務なのだ」

もはや何を言われても驚かないつもりだったが、バルトの言葉にターシャは啞然として言葉を失う。

（もしかして私、ものすごく重要な任務を負わされてる……!?）

てっきり戯(たわむ)れとして呼ばれたのかと思ったが、夢の力を求めたのは切迫した事情があるからのようだ。

「いやでも、私はただ夢を見せるだけで、勃たせられるかどうかは……」

「気負わずともよい。こちらも、そなたの夢にどれほどの力があるかは知らぬし、期待もさほどしておらぬ」

「じゃあああの、できないと処刑されるなんてことはないです？」

「むろんだ。そなたはただ、余に卑猥な夢を見せてくれればよい。それによって身体に変化が起きればよし、起きなければそのときは謝礼を払ってそなたを元の場所に戻す」

もちろんこのことは他言無用だと言われたが、口が裂けても誰かに話す気などない。

「それでしたら、かまいません」

「引き受けてくれるか？」

「はい」

「ならばさっそく、頼む」

そう言って、バルトはターシャと共に寝台に移動する。

「横になればよいか？」

「はい。あとちょっとした儀式を行うのですがかまいませんか？」

「好きにせよ」

「それと力を使うときはお身体のどこかに触れ合っていなければならないのですが……」

先ほどはうっかり触ってしまったが、本来ならルシャである自分が手を触れていい相手ではない。

しかしバルトは快諾し、広い寝台の上にターシャも上がるのを許してくれた。

「それと、力を使うには私の血がいるのですが……」

普段はナイフで手のひらや指を切るが、いつのまにかナイフがなくなっている。

ターシャが何を望んでいるか察したのか、バルトは寝台の側に立てかけてあった剣を持ち上げた。

「よく斬れるから、気をつけろ」

大ぶりの剣は少し重かったが何とか鞘から引き抜き、ターシャはそっと人差し指に刃をあてた。

「この血をなめてください。そうすれば夢に誘われます」

そう言って指を差し出すとバルトはターシャの指をそっと口に含む。

もう何度も行ってきた儀式なのに、バルトの唇に指先を吸われるとなぜだか少し身体が熱くなる。

さすがに緊張しているのだろうかと怪訝に思っていると、バルトがゆっくりと目を閉じ始めた。

「手を繋いだら、見たい夢を頭に思い浮かべてくださいね」

小さく頷いたバルトの手を握ると、ターシャは彼の側にあぐらをかいて座った。

(この人、目を閉じるともっと綺麗……)

うっかりそんなことを思ってから、ターシャも慌てて目を閉じる。

(馬鹿なこと考えてないで、集中しなくちゃ!)

そして大きく息を吸うと、彼女は力を用いバルトと意識を合わせる。

ふわりと、身体が軽くなった次の瞬間——ターシャの意識は身体を離れバルトの夢の中へと滑り込んでいた。

(あれ……)

だがそこは、想像していた場所ではなかった。

目の前に広がるのは真っ暗な闇だ。その中に、バルトとターシャだけが向かい合って立っている。不思議とお互いの姿は認識できたが、他に見えるものは何もない。

「これが、そなたの夢か?」

周りを見回しながら、バルトがターシャに近づく。

「正確には、陛下の夢です」

「ずいぶん暗いな」

「おかしいですね。普通なら、望んだものがすぐ現れるはずなのに」

いつまでたっても、二人の周りに変化が起きない。さすがに不安になったのか、バルトが僅かに険しい顔でターシャを見つめる。

「本当に、力があるんだろうな？」

「う、嘘などついていません！　力は、ちゃんと発動しております」

「だが何も起きないぞ」

「卑猥な夢を見たいと思いながら目を閉じましたか」

「ああ」

「ちなみに、どんな夢を？」

尋ねられた瞬間、バルトが小さく首をかしげる。

「どんなとは？」

「い、言わせないでください……！」

察してほしいと思ったが、バルトはさらに首をかしげるばかりだ。

（陛下って、もしかしてものすごく鈍い人なのかしら……）

才知に長けた人物だと聞いていたが、空気を読むのは下手なのかもしれない。

だとしたら黙っているわけにもいかず、ターシャは火照る頬に手を添えながら小さく咳払いをする。

「だからあの、行為の相手とか場所とか体位とか……色々あるでしょう？」

「待て、そんなに詳しく望まなければダメなのか？」

「何となくでも大丈夫です。頭に思い浮かべる情報は僅かでも、私の力は陛下の望みを夢として引き出しますので」

普通は考える間もなく、心にある欲望を力が形にしてくれる。普段は考えもつかない願望さえ色濃く映し出すからこそ、皆ターシャの見せる夢の虜になるのだ。

(……けど、何も起きないわね)

「何も起きないぞ？」

考えと声が重なり、二人は見つめ合ってしばし沈黙する。

「……本当に、どんな夢でも見せる力があるんだろうな？」

先に言葉を発したのはバルトだった。声にも表情にも感情は見えず、彼の考えがわからないターシャはだんだん恐ろしくなってくる。

(もしかしたら、ものすごく怒っているのかも……)

だとしても、ターシャは夢に干渉することがほぼできないのだ。とはいえこのまま闇の中に立っているだけでは、バルトの怒りを買い目覚めるやいなや斬って捨てられることもありえる。

「なっ、なら試しに別のことを考えていただけますか？」

苦肉の策として、ターシャはそんな提案を口にした。

「例えば行きたい場所とか、見たいものとか、どんなものでもかまいませんので」

「考えれば、それを夢として見られるのか？」

「はい、陛下が望むものでしたら何でも大丈夫です！」

ここで挽回せねばと必死に言葉を重ねていると、不意に闇の世界が揺らいだ。

しかし変化は、思っていたほどではなかった。

現れた世界はやはり暗く、むしろ先ほどより空気も重い。

(ここって、独房……かしら？)

辺りが暗いのは、窓ひとつない部屋の中にいるからだ。唯一、部屋の隅では今にも消えそうな蝋燭の炎が揺れていたが、明かりはそれしかない。

「あの、ここは……」

「行きたい場所を考えろと言うので、そうした」

「ここが、陛下の行きたい場所なのですか？」

狭くて暗いうえに、ここはひどく寒かった。そんな場所にどうしてと思ったが、バルトは石の壁に手をつき、満足そうに頷く。

「ああ、ずっと戻りたかった場所だ」

「戻りたかったって、昔ここにいたことが？」

「そうだ。そして今も時々ここに戻りたくなる」

言いながらバルトはターシャに目を向けてくるが、相変わらず彼の表情からは感情や考えが読めない。

ならばもう聞きたいことは自分から聞くしかないと悟り、ターシャは躊躇うことなく質問を投げかけることにした。

「力のこと、信じていただけましたか？」

「ああ、確かに望むものを見せることができるらしい」

「よかったです」

「だが問題は……」

何か言いかけたがそこでバルトがふと言葉を切る。

いったいどうしたのかと思った矢先、突然目の前の世界が霧散し、ターシャの意識が身体に引き戻される。

驚いて目を開けると、最初に飛び込んできたのは、自分に剣を振り下ろそうとする男の姿だった。

思わず悲鳴を上げたが、刃は容赦なく振り下ろされる。

「刃をしまえディン！　余は無事だ！」

だが次の瞬間、刃がかち合う激しい音と、バルトの怒鳴り声が響く。

いつのまにか、ターシャを庇うようにバルトが振り下ろされた刃を剣で受け止めていた。

同時にぐっと身体を引かれ、ターシャはバルトの腕の中にとらわれる形になる。

いったい何が起こったのかと驚いていると、男の他にも剣を抜いた近衛兵がベッドを取り囲んでいる。

「ディン、兵を下がらせろ」

「……仰せの通りに」

そんな中、ターシャに剣を振り下ろした男が不満そうな顔で刃を引いた。

バルトと同じ金糸の髪を肩で結い、気難しそうな顔に眼鏡をかけた男はそこで小さく手を振る。

すると兵士たちは剣を下ろし、そそくさと部屋から出て行く。その様子を呆然としたまま眺めていると、不意にバルトが彼女の頬に触れた。

「すまない、怪我はないか？」

「怪我？」

「……どうやら、そなたが剣を握っていたため、ディンが誤解をしたらしい」

ディンと呼ばれた男は困ったように肩を竦めながら、ターシャに目を向けた。

「すみません、あなたの手にした剣がバルトの側にあったので、反射的に刃を向けてしまいました」

「こちらこそ申し訳ありません！　力を使うときに血が必要なので剣をお借りしましたが、

陛下に向けているつもりはなかったのです……！」

確かに、剣を遠ざけておかなかったのは自分の落ち度だ。誤解されても仕方がないと思い、ターシャは慌てて言葉を重ねる。

「護衛の方がいらっしゃるなら先に説明すべきでした。配慮が足らず申し訳ございません」

誤解を解こうと、ターシャは必死に謝る。だが意外にも、ディンの表情は穏やかだった。

「いいえ、配慮が足りないのはそこであなたを抱え込んでいる馬鹿のほうですから」

「ばっ……!?」

皇帝を平気で馬鹿呼ばわりするディンにターシャは驚くが、バルトのほうはやっぱり表情ひとつ変わらない。

「今回は何もしくじっていない。お前に言われたとおり、彼女の力は確認した」

「そのときは私も同席させろと言いましたよね」

ディンの言葉に、バルトはそこで首をかしげる。

「言ったか？」

「ええ、あなたもしっかり頷いていましたよ」

「……すまぬ、すっかり忘れていた」

「忘れた？」

「彼女と話しているうちに、お前の存在がすっかり抜け落ちていた」

すまないと素直に頭を下げるバルトに、ディンが呆れた顔をする。

「あなたらしくないですね。普段は従順なほどこちらの言うことに従うのに」

「すまない」

「怒っているわけではありませんが、もう少し気をつけていただきたい。女性とはいえ異能の力を持つルシャと二人っきりで過ごすのは危険かもしれないと言ったでしょう」

「彼女は危険ではない。そもそも、彼女の力を使おうと言い出したのはお前だろう」

「それを判断するために、事前に彼女と話す時間がほしかったんですよ。お嬢さんの反応を見るかぎり、あなたは最低限の情報しか伝えていないようですし、混乱もさせたのでは？」

まさしくその通りだったので、バルトに代わってターシャが大きく頷く。

それから慌てて彼の腕から出ようとしたが、なぜだかそこで強く引き戻される。

「なぜ、逃げようとする？」

「あの、この体勢は色々まずいかと！」

「何がだ？」

だって寝台の上で皇帝に抱かれているのだ。それも副官とおぼしき男の目の前で。

「その馬鹿に一般常識は通じないですよ」

ただ幸運なことに、ディンのほうはこの状況にターシャが戸惑っていると理解してくれていた。物言いはなかなかに辛辣だが、バルトとは違い彼のほうはそれなりに空気が読めるらしい。

「とりあえず、私のほうから改めて事情を説明させていただけますか？」

もはやバルトの拘束は解けないと察し、ターシャは諦めて頷いた。

「バルトから、話はどこまで聞きましたか？」

「とにかくその、私の淫夢で勃たせてほしいと……」

「その理由も？」

「はい。お世継ぎを残すために色々努力したが成功せず、私に頼ったとおっしゃっていました」

「ふむ、一応大事な説明はしたようですね」

「そして、協力してくれると言質も取った」

ターシャたちの会話にバルトが割り込む。

「そのとき、バルトの股間が使い物にならないことを口外したら死罪だ、とは言いましたか？」

「しっ、死罪!?」

「言ってませんね、これは」

ディンは呆れた声で言うと、申し訳なさそうな顔でターシャを見つめる。

「そういうことなので、しばらくはあなたを拘束しなければなりません。下手に外に出して、吹聴されたらかないませんから」

「わっ、私絶対に言いません！」

「そう言って、前に新聞社にネタを売ろうとした娼婦がいたんですよ。なのであなたが信頼に値する人物だと判断するまでは、城に滞在していただきます」

「でもあの、私がいないとわかったら家族が心配します……」

「ああ、その点でしたらご安心ください。仲間の方には『特別な仕事で留守にする』と言付けましたし、おばあさまは隣の部屋にいらっしゃいます」

「キ、キーカもここにいるんですか!?」

「実を言うと、おばあさまのほうには別の協力を打診しているんです。未来を見る力で、バルトの股間の行く末を占ってもらおうかと思っていまして」

股間の行く末という単語が衝撃すぎて戸惑うが、自分だけでなく祖母まで巻き込まれたと知りターシャは不安を抱く。

「じゃあ祖母もこの場所にしばらく監禁されるんですか？」

「ええ。ただ、おばあさまのほうには『お世継ぎに関する未来を占ってほしい』と言っているので、バルトが不能なことはまだ教えていませんが」

そして本来なら、その辺りのことは伏せつつターシャに協力を乞うつもりだったのだろう。何で馬鹿正直に教えてしまったのかとバルトを恨む気持ちも芽生えるが、当人をうかがい見たかぎり、自分の失態に気づいている様子はない。

これはもう責めても無駄だと思い、ターシャは気持ちを切り替えるほかなかった。

「あの、祖母には会うことはできますか？」

「できますが、もうすでに寝ていらっしゃいますので明日でもかまいませんか？」

「ね、寝てる？」

「いやはや豪傑なおばあさまですね。占う代わりに酒と宮廷料理を要求し、飲んで騒いで今はご就寝中です」

自由奔放なキーカらしいが、常識人のターシャはただただ胃が痛い。

「祖母がすみません!!」

「いえいえ、事前にお力を拝見しましたが確かに未来を見通す力とは素晴らしい。バルトの股間事情だけでなく他にも色々とお力添えをいただきたいので、お酒と料理で満足していただけるなら御の字です」

とりあえずキーカが不興を買っていないようで、ターシャは安心した。

「おばあさまはこちらでの滞在を快諾されました。なので申し訳ありませんが、しばらくは城に滞在し我々の指示に従っていただきたい」

「従わなければ死罪……ということですよね？」

答える代わりに、ディンがにっこりと微笑む。美しい顔立ちに浮かぶ笑顔は輝いていたが、それが逆に恐ろしい。

「わかりました、指示に従います」

「ご聡明なお嬢さんでよかった。あと、こちらが無理を言っているのは百も承知ですので謝礼ははずみます。必要なことがあれば、どんなことでも申しつけてください」

だったらまずこの状態を何とかしてほしい。

自分をぎゅっと拘束しているバルトの腕とディンを交互に見れば、察しのいい彼は苦笑を浮かべながら頷いた。

「とりあえず、そのお嬢さんを放しなさい」

「……ひどいことは、せぬか？」

「しませんよ。あなたがそれほど気に入ったということは力も本物だったのでしょう？」

「ああ、本物だ」

「もしや、すごい淫夢を見せてもらったんですか？」

「それは、余の努力不足で無理だった……」

腕を放し、そこでバルトは夢の中での出来事を話す。ターシャも交えて状況を説明すれば、ディンはすぐさま理解したようだ。

「……つまり、バルトが望んだ夢でないと見られないということですか」

「ええ。ですがその、陛下にはその手の欲望が欠片もないようで……」

「欲望どころか知識も皆無ですからね……。まずは、そこからということでしょうか」

明らかに落胆しているディンを見て、ターシャは何だか申し訳なくなってくる。

「申し訳ございません。私に、もっと力があれば望む夢も見せられるのですが……」

「いいえ、十分すぎる力です。それにあなたには、色々と可能性もありそうですし」

「可能性？」

どういう意味かと疑問に思ったが、ディンはその問いに答えてはくれなかった。

代わりに彼は笑顔を取り戻し、ターシャの手をぎゅっと握る。

「とにかく、まずはバルトに淫夢を見せる準備をさせます。少々時間はかかるかもしれませんが、お付き合いいただけますか？」

「かまいません。……それに断ったら、死罪でしょう？」

「話が早くて助かります」

脅迫されている状況で、ターシャが首を横に振れるわけがない。

「ではお部屋にご案内しましょう。バルトは、今日はもう休んでくださって結構です」

頷き、バルトはそこで不意にターシャのほうに身体を傾ける。

「物言いはきついが、ディンは悪い男ではない。そなたを悪いようにはしないから、安心してくれ」

ターシャにだけ聞こえる声で、バルトが囁く。その声は心なしか優しくて、ターシャの不安を溶かしてくれた。

「おやすみ、ゆっくりと休め」

「はい、陛下」

微笑みながら、ターシャはディンの手を借り寝台を降りる。

ターシャが部屋を出る瞬間まで、バルトの視線はずっとターシャに注がれていたが、それに気づいたのは意味深な笑みを浮かべたディンだけだった。

翌朝――。

メルデス帝国の首都グルダンクの中央にそびえ立つ宮殿の一室で、ターシャは目を覚ました。

普段は狭いテントで寝泊まりしているターシャにとって、街の広場ほどもある寝室で迎えた朝はまったく現実味がない。

部屋には豪華な調度品が並び、ターシャが眠っている豪華な寝台も姿勢を保つのが難しいほど柔らかくて広々としている。

その上で五分ほど惚けていた後、ターシャはようやく昨晩の出来事を思い出し、頭を抱えた。

(いっそ、夢だったらいいのに……)

そう思うが、いくら頬をつねってみても痛みが広がるだけだ。

そのまま寝ているわけにもいかず、ターシャはおずおずと寝台を降りて窓辺へと向かう。

厚いカーテンの隙間から外を覗いたターシャは、そこで息を呑んだ。

(私……こんなところで寝ていたの……!?)

ターシャに宛がわれた部屋は、巨大な宮殿の最上階にあるらしい。

建物自体は五階建てだが、高台に建てられているため窓からは首都の町並みが一望できる。

首都は四代前の皇帝が興したもので、赤い岩肌の大地が続く荒野の中心にある。鉄でできた巨大な壁に囲まれているので外から見ると物々しいが、壁の内側にある町並みは目を見張るほど美しい。

通りは美しく整備され、石造りの壁と鮮やかな朱色の瓦屋根が目を引く建物が宮殿を取り囲むようにどこまでも広がっている。中でも目を引くのは、街の至る所にある教会だ。

月の女神を信仰の柱とする教会は、宮殿と同じ白い大理石で作られており、日の光を受けまばゆい輝きを放っている。

一歩足を踏み入れたときから美しい都だとは思っていたが、宮殿から見るのとまた違った迫力がある。

（こんなに大きな都を……、あの人は治めているのね）

昨晩のバルトを思い出し、ターシャはなんだか不思議な気持ちになる。

実際に会った彼は、人々が口にする皇帝の姿とあまりに印象が違った。

空気が読めなくて、どこかずれた物言いからは、自分に似た父を容赦なく殺し、その首を抱えて王座に就いた男とは思えない。

国を治める男というものは、どこか尊大で常人には及ばぬ卓越した精神と身体を持っている……という漠然とした印象を、ターシャは抱いていた。

だからこそ、昨日のやりとりは今思い出しても衝撃だ。

（恐ろしい人かと思ったのに、すごく……綺麗だったし……）

思わず触れてしまったターシャを怒ったりもしなかった。表情が顔に出ないので彼の考えはいまいち読めないが、自分のことを嫌っている様子はなかったように思う。

（ルシャなのに、差別とかもしなかったな……）

不思議な力を持つルシャを、化け物だと蔑んだり恐れたりする者は多い。でもバルトは、ターシャの力を気味悪がる様子もなかった。

当たり前のように力の存在を受け入れ、それを自分に使えという彼からは偏見を感じなかったし、それがターシャには新鮮だった。

(広大な国を治めるくらいだから、物の見方が広いのかしら)

そんなことを考えながら景色を眺めていると、部屋の扉が叩かれる。

そういえば起きたらメイドをつかわせると昨晩ディンが言っていたのを思い出し、ターシャは慌てて入室の許可を出す。

「へ?」

だがそこで、ターシャは固まった。てっきりメイドが来ると思ったのに、部屋に入ってきたのはバルトだったのである。

彼は右手に杖をつき、左手には料理や飲み物が載った巨大な盆を軽々と持っている。

慌てて手伝おうとすると、それを制するようにバルトが首を横に振る。そして彼は持っていた盆をテーブルに置き、ターシャに近づいてきた。

「楽にせよ。朝食を持ってきただけだ」

「へ、陛下が……ですか?」

「ああ。様子が見たいとディンに言ったら、食事に誘えと言われた」

だからといって給仕係のように食事を運んでくる皇帝など見たことがない。唖然としたまま固まっていると、バルトがじっと彼女を見ている。

「昨日と、雰囲気が違う」

バルトの視線が自分の身体に注がれているのに気づき、ターシャは自分が薄い寝間着姿だったのを思い出す。浅黄色の寝間着は、ディンが用意してくれたものだ。

「こ、こんな格好で申し訳ございません！」

「なぜ謝る」

「だってこんな、はしたない……」

「はしたなくない。ルシャの装束も可憐だったが、その格好も綺麗だ」

まさか褒められるとは思わず、ターシャは落ち着きなく乱れた髪を手でとかす。

一方バルトも寝起きなのか、ゆったりとした部屋着を纏い昨晩はきちんと整えていた髪も少し乱れている。だが太陽を思わせる金色の髪は窓から差し込む光にキラキラと輝き、どこか神々しくも見えた。

「やっぱり綺麗……」

思わず見惚れていると、バルトが小さく首をかしげる。

「そなたは、昨日もそう言ったな」

バルトの言葉で、ターシャは心の声が口からこぼれていたことに気づく。

「も、申し訳ございません……！　男の方に、綺麗という表現は失礼ですよね……」

「いや、特に気にしない。だが、あまりそう言われたことがないので、不思議だった」

「そうなのですか？　こんなに綺麗なのに、誰も言わないなんて信じられない」

「皆、余を見ても恐ろしいとしか言わぬ」

確かに、表情が顔に出ず考えが読めないバルトを恐ろしく思う者がいてもおかしくない。その上彼は、人々を虐げた前皇帝と似た顔なのだ。

「そなたも、余を恐ろしいとは思わないのか？」

「思いません。実際に、恐ろしいことをされたわけではないですし」

「だがそなたは今、余に脅迫されて監禁されている立場だぞ」

「監禁……と言うには、待遇がよすぎるので脅されていることを正直忘れてました」

それにバルトの立場と抱えた問題を思えば、多少強引な手に出るのも仕方がないと理解もできる。

「この状況を受け入れるとは、そなたは見かけによらず度胸があるのだな」

「度胸なんてありません。ただ、『物事はなるようにしかならない』というのがルシャの考え方なんです」

ルシャは、何事にも諦めが早いのだ。

起きたことは変えられないし、止める術がない物事を前にしてあがいても仕方がない。

ただ流れに身を任せ、平穏無事に物事が収まるのをじっと待つ。

それが重要だと、仲間からは常に言い聞かされてきた。祖母のキーカにだけは「たまには流れに逆らってあがくのも大事だ」と言われたが、元々気弱なターシャには理解しがたい考えだった。

「ここに来て、話を聞いてしまった時点でもはや逃げ道はないのでしょう？　それでしたら、陛下のお身体がよくなるお手伝いをして、平穏無事に仲間の元に戻れるようにするしかありません」

「だから、余にも協力してくれるのか」

「はい、死にたくないですし……」

「別に殺したりはせぬ。ディンは大げさなのだ」

いやでも、彼は殺るときは殺る気がする。そう思ったが、指摘するより早く、肩をとんと押され食事の席に座らされてしまった。

「とりあえず食事をしよう。そのあと、色々話がしたい」

それからバルトは、「これがうまいぞ」と言いながら、ターシャの前に置かれた皿に肉やパンを山のように載せていく。

(普通に給仕してくれるけど、むしろ私がすべきなんじゃないかしら？)

そう思ったが、バルトはターシャが手を出す隙さえ与えてくれない。むしろターシャに飲み物を用意したり、料理を取り分けるのを楽しんでいる雰囲気さえある。

「あの、陛下はいつもこうしてお食事を？」

「ああ。食事は一人でしたいので、給仕も自分でする」

「ならあの、私はいないほうが……」

「いや、そなたはいてもよい」

断言されると、もはや何も言えなくなってしまう。

(とりあえず、食べよう……。お腹空いたし……)

仕方なく、ターシャは朝食を取る。

とはいえ、いつまでも流されるままではいけないと、彼女もわかってはいた。

バルトが食後のデザートにと出してくれたライチを食べながら、ターシャは「あの……」と恐る恐る声をかける。

「私に何か、お話があったんですよね……」

部屋に入ってきたときのやりとりを思い出し、ターシャは尋ねた。

「ああ。そなたと話がしたかった」

「夢に関するお話ですか?」

「今日一日かけて男女の睦言についての知識を得るゆえ、今夜もう一度夢を見せてほしいと頼みに来た」

「それはかまいませんけど……」

たった一日でどうにかなるのだろうかと思ってしまったのは、昨晩見た真っ暗な空間を思い出したからだ。

（あんなに暗い世界、初めてだった……）

ターシャの夢の力は、人の望みを形にする。でももちろん、力に懐疑的だったりすると
それが上手く現れない者もいる。

それでも普通なら、抱いた欲望が夢の世界に何かしらの影響を与えるのだ。
今欲しいと思っている物。会いたいと願う人。行きたいと望む場所。
そういうものが夢を形作るのである。

でも昨晩ターシャとバルトの間に広がっていたのは暗闇――つまり無だった。
その後小さな独房は現れたが、他のものはまったく見えなかった。

「なにか、懸念があるのか？」

黙り込むターシャに、バルトが尋ねる。

「いえ、とにかくもう一度夜に力を使ってみます。何か問題があればそれでわかると思い
ますし」

「世話をかける」

「気にしないでください。やると決めたからには、協力させていただきます」

夢の力が発現してまだ一年足らずだし、夢の力は珍しいため情報も少ない。ならばとに
かくやれることをやってみようと決めて最後のライチを飲み込むと、その様子をバルトが
じっと見つめる。

「あの、なにか？」

視線が気になって尋ねると、バルトのほうが首をかしげる。

「なにか、とは？」

「先ほどからじっと、私のことを見ていらっしゃるので」

「見ていたか？」

「穴が開くほど見ていますけど」

「……そうか」

と言いつつ、バルトはやはり視線を逸らさない。

（……わからない、この人の考えていることがわからない……）

表情が顔に出ないだけでなく、バルトの発言は要領を得ないのだ。

そのうえ彼にじっと見つめられると何だか落ち着かない気持ちになり、次第に顔が火照ってくる。

「顔が赤いが、風邪か？」

「陛下がじっと見てくるから、照れてしまうのです」

「すまない、なぜだかそなたから目が逸らせない」

「な、何か懸念があるのですか？　やはりまだ、私の力を疑っていますか？」

「理由はない。ただライチを頬張る姿が小動物のようだなと思っていたら、目が逸らせなくなった」

　言いながら、バルトはすっともうひとつライチを差し出してくる。食べろということらしい。

「い、いただきます」

　断るのも不敬だと思い、ターシャはライチを頬張る。

　ゴクンと飲み下せば、さらにもうひとつ差し出される。

　それを五回ほど繰り返したところで、さすがにターシャもお腹が限界になってくる。

（こ、このやりとりは何なの!?　陛下は何をさせたいの!?　もしかして、私何か粗相をしたかしら!?　そう見えなくても怒ってるのかしら!?）

　制裁のため、ライチでターシャの胃袋を破裂させるつもりなのではと震えていると、もうひとつライチを差し出される。

　さすがにもう無理だと思うが、怒っているなら断れるわけもない。仕方なく震える指でライチを掴もうとしていると、突然部屋の扉が勢いよく開いた。

「いったいいつまで油を売っているんですか！」

　現れたのは、不機嫌に顔を歪めたディンである。

　ライチ地獄をどうにかしたいという気持ちが顔に出て、ターシャは縋るようにディンを見つめる。彼女の視線だけで、聡い彼はバルトが何かしでかしたとわかったのだろう。

呆れたようにため息をこぼしたディンは、バルトを椅子から無理やり立たせる。

「公務のお時間です。それに、今日は特別な勉強もあるから忙しいと、私、言いましたよね？」

「言われた」

「ならなんで戻ってこないんですか！　ターシャさんにかまうのは十五分だけと言ったでしょう」

「そんなに経っていたのか？」

気づかなかったとポツリとこぼすと、バルトはターシャに差し出そうとしていたライチをディンの口元に押しつける。

「これで許せ」

「許せるわけがないでしょう！　誰が好き好んで弟から、アーンされなきゃいけないんですか」

そう言うなり、ディンはライチを持ったままのバルトを部屋から叩き出す。渋々と言った様子だが、バルトが部屋を出て行ったことにターシャは少しほっとした。

（ん……？）

だがそのとき、ターシャは遅れてものすごい事実を聞かされたことに気づく。

（今、弟って言った？）

前皇帝の息子は、バルト一人だけだと聞いていた。故にバルトは父に溺愛されていたという話もある。

（でも言われてみると、ディンさんと陛下は顔立ちが似てるかも……）

などと思いながら残ったディンを見ていると、不意に彼がにっこりと笑う。

その笑顔で、先ほどの発言もまた自分が聞いてはいけなかったのだと気がついた。

「……な、何も聞いていません」

「察しのいいお嬢さんは、好きですよ」

笑みを深めるディンは凛々しくも美しいが、そこが逆に恐ろしい。

（そもそも、そういう大事なことは口を滑らせないでほしい……！）

口には出せないので胸の中で呻（うめ）くと、それさえお見通しだという顔でディンはターシャに近づいた。

「あなたとは長い付き合いになりそうなので、あえて口にしたんですよ」

「あ、あえて……？」

「あなたにはバルトのことを色々と知っていただきたいのです」

先ほどまでバルトが座っていた席に腰を下ろし、ディンは品定めでもするような目をターシャに向ける。

「しかし意外です、こういうのが好みだったとは……」

「好み……？」

「ああ、これはかなり鈍感なようだ。彼も鈍いですし、手がかかりそうですね」

一人でブツブツ言いながらしばらく考え込んだ後、ディンはターシャに手を差し出す。

「昨日はバタバタしていて自己紹介ができなかったので、改めて。私は『ディン』、姓はわけあって名乗れませんが、その理由はわかりますね」

「陛下のお兄様……なんですか？」

「正確には腹違いの兄です。我が国は一夫多妻制ですが父は秘密のハーレムを築いておりまして、そこで囲われていた女の一人が私の母です」

「じゃあもしかして、陛下にはまだ他にも兄弟が？」

「十三人ほどおりましたが、不幸が重なり残ったのは私たち二人だけです」

口調はさっぱりしていたが、あまり深く聞いていけない気配をターシャは感じた。

あえて何も質問せず黙っていると、ディンは満足げに目を細めた。

「その後私にも色々ありまして、現在はバルトの参謀を務めております。肩書きは格好いいですが、実際の仕事は彼のお守りですね。あれはズレたところがありまして」

ディンの言葉に、ターシャは乾いた笑みを浮かべながら、手の上に乗ったライチを見つめる。

「その顔を見るに、バルトはあなたを困らせたようですね」

「困るというか、戸惑うのです。私はあの方のお考えを読むのが苦手で」

「不安そうにせずとも大丈夫です。あれの考えが読める者は、誰もおりません」

それはそれで大丈夫なのかと、ターシャは思わずにいられなかった。

「なので、わけのわからないことを言い出したときは、素直に聞いてよろしいかと。説明を聞いてもなお理解できない場合は、『意味がわからんから黙れ』と正直に言ってしまっていいので」

「いやでも、それはさすがに……」

「あの顔のせいで恐れられてはいますが、バルトは気が優しい男ですし滅多に怒りません。いや、滅多にどころか、私は彼が腹を立てたところを一度たりとも見たことがない」

「えっ、一度も……？」

「怒りどころか、悲しみや喜びといった感情がバルトには欠落しているようなんです。表情が出ないのも彼の考えを常人が理解しえないのもそのためです」

ただ……と、ディンはターシャのほうへと身を乗り出す。

「感情が薄い故に何事にも関心を示さなかったバルトが、あなたには強い興味を示している。なのでどうか、あれを嫌わずにやってください」

「き、嫌うなんてそんな……！」

「いい年をして空気も女心も読めず、発言も考えも理解不能な男ですよ。普通なら嫌われます」

兄ながら、さんざんな言いようである。

「だから普段はあまり表に出さず、仕事だけに集中させていますが、淫夢を見せる関係上ターシャさんとはそれなりに密な関係になるでしょう？　バルトのポンコツぶりを知って、あなたがウンザリするのではと心配なんです」

冗談ではなく、ディンは本気で心配しているらしい。

それを察したターシャは、「大丈夫です」と繰り返した。

「い、今のところウンザリはしてないので、今後も平気だと思います」

「本当ですか？　あの鉄面皮に蹴りを食らわせてやりたいとか思ってませんか？　私は五分に一回は思いますよ？」

それはそれでどうかと思ったが、ターシャはありえませんと首を横に振る。

「陛下のお言葉や行動には戸惑いましたが、事情を知れば納得できました。むしろ怒っているわけではないとわかって、今はほっとしているくらいです」

普段からキーカの相手をしているので、突飛な行動と考えに振り回されるのには慣れている。

ライチを与えられ続けたのには困惑したが、怒っていなかったのだとしたらあれはきっと彼なりの親切だったのだろう。

(私のために給仕までしてくれたし、きっとわかりにくくてもお優しい方なんだわ)

だとしたら嫌ったりできるわけがない。

「不敬だと切って捨てられるのが一番の不安要素だったので、それがないのでしたら上手くやっていける気がします」

　この国に来て間もないし、ルシャであるターシャは行儀などもなっていない。それで怒りを買うことが一番怖いと告げれば、ディンはほっとしたように微笑む。

「安心してください。そういうことを気にする男じゃないですし、馬鹿なことをしでかしたら、不敬に当たるくらいズバッと物申してもいいくらいです」

「でもさすがに、ディンさんのようには言えないかと……」

「言いたくなるかもしれませんよ、いずれ」

「そうならないことを祈ります」

　苦笑と共に言うと、ディンは満足げに頷いた。

「少々鈍そうな女性だと思っていましたが、それは寛容さの裏返しらしい。いやはや、淫夢の魔女があなたのような女性でよかった」

「えっと……それ褒めてます？」

「褒めていますよ。正直、ものすごく破廉恥なお嬢さんだったらどうしようかと心配していたので」

「それはよく言われます。淫夢を見せるくらいだから、ものすごく奔放ではしたない女だと思われるようで……」

むしろターシャはその手のことが苦手なくらいなのだ。

「でもあなたが見せるのは、淫夢だけではないんですよね？」

「はい、望んだものなら何でも見せられます」

ただ淫夢ばかり頼まれるのだと苦笑していると、ディンがふと考え込む。

「自ら望むものでないと、見るのは不可能ですか？」

「いえ、無意識の望みも夢に強く影響します」

「ならひとつ、お願いをしてもよろしいですか？」

真面目な表情になり、ディンが僅かに声を落とす。

「もしも……、もしもバルトの夢の中に彼の父が……前皇帝が出てきたら、すぐに私に知らせていただきたいのです」

「それはかまいませんけど……」

バルト自らが手にかけた男が、夢の中に現れるだろうかとターシャは思う。彼女の力は望みを夢として反映させるものなので、会いたいと思わなければ出てこない。

「もしかして、実は陛下とお父様は仲が良かったのですか？」

「いえ、殺したいほど憎んでいたはずです。なにせ彼は……」

そこでディンははっと言葉を切り、一度口をつぐむ。

「申し訳ありませんが、父とバルトに関する詳細はお伝えできません。ですが、頼みます」

「は、はい。こちらも、ご命令には従いますし詮索はしませんので」

穏便に仕事をすませて解放されたいターシャとしては、バルトの込み入った事情に踏み込むつもりはない。

(むしろもうすでに、色々知りすぎているくらいよね……)

バルトの身体のことはもちろん、彼とディンが兄弟だという事実も、公にしたら死罪に繋がるに違いない。

だからこれ以上色々聞くのは怖いと思うのに、なぜかそこでディンがあの美しすぎる笑顔を浮かべた。

「ですが他のことなら、何でもお話ししますよ。国民が知らないようなことも、あなたになら特別にね？」

「い、いえそれは……」

「あなたにはバルトのことを深く理解していただきたいんです。それに枷（かせ）は多いほうが、逃げたいという意思もなくなるでしょ？」

表面上は笑顔だが、親切心や優しさがそこにないことはわかる。

「もしかしてあの、お二人がご兄弟というのを教えてくださったのも、私の逃げ道を塞ぐためですか？」

「ご想像にお任せします」

否定しなかったのが、答えだろう。

（この人、ものすごい腹黒だ……）

薄々感じてはいたが、ターシャが想像する五倍は真っ黒で質が悪い。

（陛下より、この人のほうがずっと怖いかも）

今さら気づいたが、だからといって逃げられないのは美しい笑顔を見れば明らかだった。


ディンが去った後、ターシャは入れ違いにやってきた執事に案内され、宮殿を一通り見て回ることになった。

執事『クレイドス』の話では、ターシャが滞在しているのは、一部の人間しか足を踏み入れられぬ皇帝の住まいがある区画らしい。

都の中心にある宮殿は、執務を行う中央宮殿を囲むように四つの離宮が並んでいる。その中でも一番北側にある最も守りの固い城が、今ターシャたちがいる場所だった。

美しさより防備に特化した宮殿は他のものより無骨だというが、クレイドスの案内で巡った美しい中庭やプール、絵画が飾られたサロンや回廊は、どこも目がくらむほど豪華でどこが無骨なのかと呆れてしまった。

あまりの煌びやかさに、一回りする頃にはぐったりしてしまい、クレイドスから「お茶にしましょうか」と言われたときはほっとしたくらいだ。

だがお茶の合間に聞かされた話で、ターシャはまた目眩を覚えることになる。

「……キーカ、昨晩はそんなに大騒ぎしたんですか？」

花茶を差し出しながら、クレイドスが語ったのはキーカが酒を飲んで大騒ぎをしたという話だ。

「楽器も持ちだして、それはもう賑やかでした」

「本当に申し訳ありません！」

「むしろ久々に宮殿が賑やかで、とても楽しゅうございました」

料理と酒を堪能したキーカは、宮殿の使用人たちを巻き込んで楽しんでいたと説明されターシャは胃が痛くなったが、クレイドスの顔は始終にこやかだった。

「明るい宴は長いこと開かれておりませんでしたし、キーカさんの音楽はとても素敵でした」

クレイドスの言葉に控えのメイドたちまで「楽しかったです」と頬を上気させていたので、ターシャはほっとした。

「でも少し意外です。どこの国でも、宮殿では毎晩のように宴が繰り広げられているという話を聞くので」

「陛下は賑やかな行事を好まないのです。もちろん貴族たちを招いての会食や舞踏会は時折開かれますが、自分の居住区に他人が入るのが嫌だからと、賑やかな行事は全て中央宮殿で開かれるので」

今いる北の宮殿は、バルトと限られた家臣しか立ち入ることを許されていない。使用人の選定も厳しく、ここにいる者たちは皆ディンと懇意にしていたから選ばれたらしい。

「そんな場所に、私たちが滞在してもよいのでしょうか？」

「ディン様がお決めになったことですから、問題はございません。逆に人目がないぶん、自由にお過ごしいただくことも可能ですし」

「それ、キーカに言わないでくださいね。好き勝手やりかねないので……」

「ちょっと、さすがにそれは言いすぎじゃないのかい？」

早いうちからキーカに気をつけるよう釘を刺しておくはずだったのに、間の悪いことに本人が隣の寝室からふらりとやってくる。

覚束ない足取りを見かねて手助けに行くと、むせかえるような酒の匂いに慄いた。

「ど、どれだけ飲んだのよ！」

「まだまだ飲み足りないくらいさ。そこの執事、もっと酒を持ってきな！」

「だめです！　お茶、お茶をください！」

ターシャが必死になって頼むと、クレイドスはテキパキとお茶を入れてくれる。

それに不満そうな顔をしつつも、二日酔いがひどいのかキーカは渋々お茶を受け取った。

「積もるお話もあると思いますので、私たちは外におります。御用の際は、そちらのベルでお呼びください」

気を利かせて外に出たクレイドスたちに礼を言い、ターシャはお茶をすするキーカと向き合う。

「それで、皇帝陛下に淫夢は見せられたのかい？」

小言のひとつでも言いたかったのに、キーカに先手を打たれる。

仕方なく、キーカの側に座したターシャは小さく首を横に振った。

「今回は、簡単じゃないかも」

「じゃあ頑張りな」

「頑張りなって、キーカはこの状況を簡単に受け入れすぎよ」

「難しく考えることなんてないんだよ。報酬のいい仕事を受けたと思って、いつも通りの仕事をすりゃあいい」

「いつも通りじゃ上手くいきそうもないから困ってるの……」

「なんだい、厄介ごとかい？」

尋ねられ、バルトの事情を話すべきかどうか迷う。何となく、キーカに話すのならディンは怒らない気がした。ただもし何かあったとき、バルトの事情を知らないことがキーカを助けることになるかもしれない。

そんな思いもあり口をつぐんでいると、キーカがやれやれと肩を竦めた。

「あんたは昔っから、色々とため込むたちだねぇ。言いたいことや相談ごとがあるなら、あたしにくらい言っちまえばいいのに」

「さすがに今回のことは、その……」

「嫌なら聞かないが、二進(にっち)も三進(さっち)もいかなくなったらこのババアにすがりな。伊達(だて)に年くってるわけじゃないんだよ、これでもね」

ニヤリと笑いながら大きなソファにどっかり腰を下ろすと、キーカはさりげなく腕を開く。それが甘えていいという合図(あいず)だと知っているので、ターシャもソファに座り、祖母の胸に寄り添う。

「ねえ、私たち、ちゃんとみんなのところに帰れるかな？」

「あたしゃむしろ、ここで一生暮らしたいね。そうすりゃ酒も飲み放題だ」

笑って言い切るキーカに身体をぎゅっと抱き締められると、少しだけ不安が軽くなった気がした。

「だから仕事はのんびりおやり。そのほうが、あたしも楽しめる」

キーカの物言いには呆れてしまうが、どこに行っても自分らしさを失わない彼女の存在は、心強いものでもあった。

「ターシャさん、今宵もお願いできますか？」

そう言ってディンが部屋へとやってきたのは、夜もだいぶ更けた頃だった。

仕事だとわかり、ターシャは慌てて支度を調えバルトの寝室に向かう。

「え、何これ……」

慎ましく部屋に入るはずが、開け放たれた扉から見えた光景に、ターシャは思わず息を呑む。

「ああ、来たか」

ターシャに目を向けたバルトの足下には、大量の絵が転がっていた。そのどれもが女性の裸体で、ターシャは思わず視線を天井に向ける。

「ん、首が痛いのか？」

「バルト、察しなさい」

ターシャを部屋まで連れてきたディンが、ため息をつきながら間に入る。

「彼女が来るまでには片付けておけと言ったでしょう」

「だが、まだ記憶しきれていない」

言いながら、バルトは一際きわどい絵を持ち上げる。

大きなカンバスに描かれているのは、男と睦み合う女性の絵だ。絵の女性は扇情的な下着を着けた格好で、男のものに貫かれている。写実的なタッチで描かれた女性はまるで生きているようで、喘ぎ声さえ聞こえてきそうだ。

同様の絵が散らばる寝室の中で居たたまれない気持ちになっていると、呆れたディンが使用人を呼び寄せあっという間に絵を片付けた。

呼び出されたクレイドスにも小声で「すみません」と謝られながら、ターシャは部屋が片付いていく様子にほっとする。

「では、後は頼みましたよ」

寝室が昨晩と同じ状態に戻ると、ディンがターシャの肩をポンと叩き部屋を出て行く。

気まずい状態のまま取り残さないでほしいと思ったが、バルトはターシャの戸惑いに気づいてもいないらしい。

「こちらへこい」

寝台の上にあぐらをかいたバルトに手招きされ、ターシャはおずおずと近づく。彼との距離が近づいた途端、バルトはターシャの腕を摑み自分のほうへと引き寄せた。

突然のことに受け身も取れず、倒れ込むようにしてターシャはバルトの腕の中にとらわれる。

「今夜も、よろしく頼む」

「は、はい……」

情けなく声が震えてしまったのは、もちろんこの体勢のせいだ。

（きょ、距離が近すぎる……）

ターシャは今、バルトに抱き締められている格好だ。

ルシャに比べると、帝国人というのは距離感が近いとは聞いていた。挨拶として抱き合うしキスもする。だからバルトもそれに習っているのかもしれないが、いつまでたっても彼が腕を放す気配がない。

（そうだ、言いたいことは言えってディンさんに言われたんだった……）

空気を読んでバルトが解放してくれるのを期待したいが、たぶんそれは無理だろう。

意を決して、ターシャはバルトの胸をそっと押し返す。

「あの、このままでは儀式が行えませんので」

「すまない、そなたが心地よくてついそのままになっていた」

バルトはすぐさま腕を放してくれたけれど、身体が離れてもまだターシャの胸はドキドキしている。

淫夢の魔女と呼ばれ、夢の中ではさんざん男女の行為を見聞きしてきたターシャだけれど、彼女自身は未だ恋人もおらず男性と親密な触れ合いをした経験もないのだ。

だからこういうとき、身体と心をどう静めたらいいかがまるでわからない。

「……気分を、害したのか？」

黙ったままのターシャに、バルトが尋ねる。

顔を上げると普段はあまり感情の出ない顔に、僅かだが不安げな色が浮かんでいた。

ターシャは慌てて首を横に振り、胸を手で押さえる。

「男性と触れ合う機会がないので、ちょっとドキドキしてしまって」

馬鹿正直に答えてしまってから、別にそこまで言わなくてもよかったのではと気づく。

けれど今さら、撤回もできない。

「それは、不快なドキドキか？」

「ふ、不快ではなかったです。ただその、慣れていないので……」

「ならばよかった。叶うなら、また後で抱き締めたいのだが、よいか？」

「へっ!?」

「心地よかったので、また抱き締めたい。嫌か？」

バルトの質問に、ターシャは言葉を詰まらせる。

たぶん、拒めばバルトは引き下がる。彼は妙に素直だし、ターシャが嫌がることはきっとしない。

ただ「嫌か？」と言われると、そうでもないから返事に困るのだ。

バルトに抱き締められると恥ずかしいし、ドキドキするし、落ち着かない。けれど心地よさを感じていたのは自分も同じだと、ターシャは気づいてしまったのだ。

「……やはり嫌か」

その上今日のバルトは、僅かではあるが感情が見えるのだ。明らかに気落ちした声で呟く彼を見ていると、無下にもできない。

「いえ、嫌じゃありません。ただその、恥ずかしいので……」

「恥ずかしいのは嫌か」

「嫌というか、戸惑ってしまうのです。でもあの、陛下がお望みなのでしたら……」

「ああ、望む」

「でも少しの時間、だけですよ？」

「それでよい。抱き締めるのが嫌なら、こうするのでもよい」

言いながら、バルトがそっとターシャの手を繋ぐ。

顔には出ないが、手を繋いでいるだけなのにバルトはとても喜んでいる気がした。それを見ているとターシャのほうも少しだけ嬉しくなって、彼女のほうから手をぎゅっと握る。

「……淫夢を見るのは不得意だが、手を繋げるのは悪くない」

繋いだ手を見ながら、バルトがしみじみと言う。手を繋ぐだけで喜ぶなんてまるで子供のようだ。

(いや、実際子供なのかも。理由はわからないけど、感情もあまりないというし……)

顔も年齢もターシャよりずっと大人だが、何かが欠落している彼はきっと心がとても幼いのだろう。突飛な行動や言動で周りを振り回すのも、きっと子供のように無邪気で素直な故だ。

そう思うと目の前の皇帝が可愛らしく見えてきてしまって、ターシャはつい子供をあやすように繋いだ手を軽く振る。

「では儀式を始めましょう。今日も、横になってくださいね」

「ああ、よろしく頼む」

子供に言い聞かせるように言えば、バルトは素直に従い横になる。

(そうか、子供だと思って接すればいいんだ)

そうすれば彼に振り回されても笑って許せるし、物事も上手く運ぶ気がする。

皇帝を子供扱いしているなんて不敬もいいところだけれど、ディンのようにぶしつけな言葉であしらうよりはマシだろう。

「じゃあ、儀式を始めますね」

バルトとの接し方がわかってほっとしながら、ターシャは今日も彼の夢の中へと入り込んだ。


「……何もないですね」

「何もないな」

今日もまた、真っ暗な空間に立ち尽くしながらターシャとバルトは顔を見合わせた。

「先ほどの絵画を想像しながら目を閉じたのだが」

「あの女性を？」

「ああ。ディンのおすすめだったので、頑張って記憶した」

ディンさんはああいうのが好みなのか、とうっかり思ってしまったターシャである。

「記憶だけでなく、あの女性と肌を重ねたいという思いが足りないのかもしれませんね」

「思っているつもりなのだ。あれと肌を重ね、ものを勃たせ、子作りしたいと思っている」

言葉ではそう言うが、声にはやっぱり感情がこもっていない。

「それは、陛下の心からの望みですか？」

「むろんだ。帝国の未来を託せる子を成すのは、皇帝である余の願いだ」

「うーん、確かにそうなんですけど……」

表情ひとつ変えず、言い切るバルトを見ているとそこに彼個人の願いがあるように見えない。そしてそれが、夢に何も出てこない原因である気がした。

「皇帝としてではなく、一人の人間として願わねばいけないのかもしれません」

「それは、同じではないのか？」

「陛下として抱くものは、願いというより義務感からくる思いなのではないですか？　私の力は陛下が心の底から望むものを形にするものなので、義務では反応しないのかと」

「……余が望むもの……か」

その途端、現れたのは以前見たのと同じ暗い独房だ。景色が変わったことで、ターシャは自分の考えが正しいと直感する。

「この部屋のように、まずは淫夢と関係ないところから望んでみるのはどうでしょう？」

「関係ないものでは意味がないだろう」

「意味ならあります。たぶんですが、陛下はきっと個人的な望みを抱くのが苦手なんじゃないかなと思うんです」

感情がないとディンも言っていたし、きっと事情があってバルトは個人の欲望が希薄なのだ。だとしたらまずは、小さな望みから夢に反映させていったほうがいいとターシャは考えた。

「具体的に、どんなものを望めばいい」

「行きたい場所とか、食べたい物とか、会いたい人とか、どんなものでも大丈夫ですよ」

望めば何でも夢に出せると言ったが、バルトは押し黙ってしまう。

そのまましばし待ってみたが、景色は何も変わらない。どこか途方にくれたような顔で、バルトはただただ立ち尽くしている。

「……すまない、考えてはみたのだが」

長い沈黙の後、バルトは項垂れる。

「いえっ、いきなり望めと言われても難しかったですよね」

「しかし、人は皆すぐ望んだ夢を見られるのだろう？」

「だとしても焦らなくて大丈夫です。それに、ひとつは思い浮かんでいるでしょう？」

言いながら、ターシャは狭い独房の壁を叩く。

「だからまずは、行きたい場所を増やすところから始めませんか？」

「ここ以外の場所か？」

「ええ。故郷でも、想い出の場所でも、何でもかまいませんよ？」

「すまない、それも今は……」

「今すぐでなくて大丈夫です。とりあえずゆっくり座って考えましょう」

焦っても仕方がないと思い、ターシャはその場に腰を下ろす。

「ひゃっ!!」

しかし石の床は思いのほか冷たく、間の抜けた悲鳴を上げてしまった。

「そこは、冷えるだろう」

「はい、予想以上でびっくりしました」

「……なら、こい」

　言うなり、バルトは彼女の身体を抱え上げてしまう。そのまま地面にどっかりと腰を下ろすバルトの膝の上に乗る形になり、ターシャは慌てた。

「こ、これでは陛下が冷えてしまいます」

「寒さはあまり感じないので、問題ない」

そのままぎゅっと抱え込まれ、逃げ道はなくなってしまった。

「そなたが寒そうにしているところは見たくない。これは、たぶん余の望みだ」

そこまで言われてしまえば無下にもできず、ターシャは観念する。

それに実際、ここはひどく寒いのでくっついているほうが温かい。

「でも、ここが行きたい場所だなんて変わっていますね」

「変か？」

「普通なら、もっと落ち着く場所を望むと思うので」

「ここは落ち着くだろう」

言いながら、バルトはターシャを抱えたまま石の壁に背を預ける。

「ここは、静かだ」

「でも寒くないですか？」

「でもここには人もあまり来ないし、ずっといても何も言われない。だから好きだ」

バルトの口ぶりから察するに、ここは彼の思い出の場所なのだろう。

（でもあまり、いい思い出ではない気がする……）

どう見てもここは独房だ。そして部屋の片隅には、血で濡れた包帯や得体の知れない薬剤の入った注射器が落ちている。

「あの、本当に他に浮かばないのですか？　もっと暖かいところとか、心地のいいところとか」

「……あまり、そういう場所に縁がないのだ。ただ長いことこの部屋で過ごしたせいか、居間の寝室のほうが落ち着かない」

「そんなに長くこの場所に……？」

「余は七年ほど、父にこの部屋に監禁されていた。ディンに助け出されなければ、ここで一生を終えていただろうな」

「こんな狭くて暗い部屋にずっとだなんて、ひどすぎる……」

「そう悪くはないぞ。先ほども言ったが、ここにはあまり人が来ない。父の顔もあまり見ずにすんだし、とても快適だった」

まるでずっとここにいたかったと言いたげな声に、ターシャの心は痛む。

（本当にそう思っているなら、あまりに悲しすぎるわ……）

ターシャは旅先で、色々と美しい景色を見てきた。どこまでも広がる砂漠や、動物たちが駆ける緑の高原、そして何より美しいと思ったのは青く広がる海と真っ白な砂浜だ。海沿いの旅は馬車や旅装の劣化が早いのであまり行わないが、それでも以前行った西の海の光景は今も脳裏に焼き付いている。

（あの海を、陛下に見せてあげたい。そうしたらきっと、ここよりも美しくて素敵な場所があるって教えられるのに）

そんな思いを抱き、ターシャはそっとバルトに身を寄せる。

異変が起きたのは、次の瞬間だった。

突然ターシャの右手が輝いたかと思うと、心地いい潮風が吹き抜け周囲が光に満ちる。

まぶしさに目を閉じると、聞こえてきたのは潮騒だった。

まさかと思って恐る恐る目を開けると、見せたいと持っていた美しい海が目の前に広がっている。

「これは、そなたがやったのか？」

「わ、わかりません……」

「だが余は、こんな場所に来たことはない」

（じゃあやっぱり、私がこれを……？）

驚いてしまったのは、今まで一度も自分が望むものを夢に見せられたことがないからだ。

「すみません、こんなのは初めてで……」

「謝る必要はない。確かにここは、先ほどの場所よりいい気がする」

吹き抜ける風に目を細めながら、バルトは表情を緩めた。ささやかだがその顔に浮かんだのは笑みだった。

「やっぱり、綺麗……」

「ああ、綺麗な海だ」

「綺麗なのは海ではなくて……」

バルトの頬にそっと手を伸ばしかけると、彼の視線がターシャに向けられる。

「余か？」

尋ねられ、我に返ったターシャは慌てて手を引っ込めながら頷く。

「はい。陛下の金色の髪は、太陽の下で見るとより綺麗です」

「それを言うなら、そなたの目や肌のほうが綺麗だ」

今度はバルトのほうから、ターシャの頬に触れてくる。そうされるとものすごく恥ずかしくなり、いかに自分がぶしつけな振る舞いをしてしまったか気づかされる。

「あ、あのときは本当にすみません！　綺麗なものを見ると、つい触れてしまう癖があって」

「よい。そなたに触れられるのは嫌ではない」

「でも……」

「だから好きなときに、好きなだけ触れるがよい」

そんなことを言われると、今まで我慢していた欲求がじわじわと溢れてしまう。

「じゃああの、髪に……」

「許可する」

触りやすいよう僅かに下を向いたバルトの髪に、そっと指を差し入れる。少し長めの金糸の髪は思っていた以上に柔らかくて、指通りもよかった。

「しかし、そなたは変わっているな。余のことを綺麗などと言う者はこの世のどこを捜しても他にいまい」

「でも、とても綺麗ですよ？」

「大抵の者は、余を見ても恐ろしいとしか思わぬ。それにどちらかと言えば男らしいと言われるほうだし、醜いと言われることさえある」

言いながら、バルトは右眼の傷に触れる。

「そんなことありません。私は陛下のお顔はとっても綺麗で素敵だと思います」

確かに綺麗という言葉で表す顔立ちではないとターシャも思っている。だが見た瞬間、美しいものを見たときのように胸が高鳴り触れずにはいられなくなってしまうのだ。

それを告げながら、ターシャはバルトの髪を優しく梳く。

「私、綺麗なものが好きなんです。気がついたら触りたくなって、それで陛下にも失礼なことを……」

「かまわぬと言っている。余も、こうされるのは心地がいい」

告げながら、バルトの瞳がターシャをじっと見つめる。

「陛下の瞳は、この海のように美しい碧色ですね」

「海のように……か」

「すみません、このたとえはお嫌いでしたか？」

「いや、逆だ。父と同じ瞳の色が憎かったが、この海と同じなら許せる気がする」

海へと目を向けたバルトの顔はいつになく穏やかに見え、ターシャはほっとする。

「いつまでも、ここにいたいな」

ポツリとこぼれた声にはどこか疲れが滲んでいるような気がして、ターシャは優しくバルトの頭を撫でた。

「なら今夜は、朝までここで過ごしましょうか」

「しかし、淫夢を見なければならぬ」

「焦っても、いい結果にはなりません。それに今日ここで過ごせば、この海が陛下の好きな場所になるかもしれないでしょう？」

「ここを覚えれば、自分の力で夢に見ることもできるか？」

「ええ。そうやって望む場所に行けるようになれば、きっと夢の幅も広がります」

そうやって訓練していけば、いずれ彼が気になる女性や行為を見つけたとき、淫夢を見やすくなるかもしれない。

そう説明していると、不意にターシャの胸がチクリと痛む。

（なんだろう、今の……）

痛みは、バルトが淫夢を見る姿を想像したときに走った。不快な感情も胸の奥で燻り、ターシャは初めての感覚に戸惑う。

「ターシャ」

しかしそれは、次の瞬間吹き飛んだ。

「その名で、合っているか？」

「は、はひっ」

「ん、やはり余はそなたの名前を間違えたか？」

「いえっ、まさかその、呼ばれると思わなかったので」

「すまない、自然に呼んでいた。嫌ならやめる」

「嫌ではありません。ただ、陛下はお声も素敵なので、少しドキドキしてしまいます」

「ターシャ」

まるでターシャの反応を確認するように、バルトがもう一度名を呼ぶ。こそばゆさと恥ずかしさに頬を染めながら「はい」と返事をすると、そこでもう一度彼が名を呼んだ。

「か、からかっていらっしゃるのですか？」

「いや、名前を呼んだときのターシャを見たくなった」

赤くなった頬に手を触れ、バルトは小さく首をかしげる。

「不思議だ。時々、余はターシャの反応を見たくてたまらなくなる」

「……も、もしかして今朝ライチをくださったのも？」

「ターシャが果実を食べる姿をずっと見ていたくて、与えた」

ということは、やはり怒っていたり気分を害したわけではなかったのだ。

むしろその逆だと思うと、妙な恥ずかしさを覚える。

「また、見せてくれるか？」

「か、かまいませんけど……」

「今度は葡萄がよい」

「葡萄ですか？」

「できたら、小粒のものだ。それをいっぱい頬張ってほしい」

バルトが告げた直後、目の前に大量の葡萄が入ったかごが現れる。

ターシャが唖然とする横で、バルトはしみじみと頷いた。

「そうか、望むとはこういうことか」

「ゆ、夢に見たいと思うほど食べさせたかったのですか!?」

「うむ。あと桃もよいな」

　バルトが告げた瞬間、ターシャの手の上に桃がひとつポンッと現れた。

(私が食べる姿を、なんでそんなに気に入ってるのかしら……)

　疑問は尽きないが、桃を手にしているターシャを見つめるバルトはワクワクしているように見えた。

(そういえば陛下、夢の中だと少し表情が豊かかも)

　よく見なければわからない程度だし、普段と変わらず表情の変化は少ない。だが近い距離で話しているせいか、何となく彼の思いや望みが伝わってくる気がした。

(陛下にも、ちゃんと何かを望んだり喜んだりする気持ちがあるんだ。それを刺激していけば、淫夢を望むようになるかもしれない)

　だとしたらまずは、バルトが望むことをひとつひとつ叶えていこう。望みが叶う喜びを知ってもらおうと決意して、ターシャはそっと桃に唇を寄せた。

第二章

弟が、いつになくウキウキしている。

朝の謁見(えっけん)の時間も昼の議会でも、午後の鍛錬(たんれん)でも、バルトはずっとウキウキしている。

顔に出ていないのでほとんどの者は気づかないだろうけれど、ディンはバルトとの付き合いは長く、この国で唯一皇帝の機嫌がわかる男だと言われている。

そんなディンでも、こんなに楽しそうなバルトを見るのは初めてだった。

そしてどうやら、ウキウキしている日は、いつも以上の有能さを発揮するらしい。

それを痛感したのは、昼の議会でのことだった。

現在帝国の政治は十二人の議員とバルト、そして彼の参謀であるディンによって行われている。十二人の議員は帝国が治める属州の出が多く、そのほとんどが前皇帝を討(う)った反乱軍に所属していた者たちだ。

皆有能だが、彼らはどこかバルトとは距離を置いており、バルトも議会を彼らに任せ必要以上の発言はしない。

なぜなら彼は、皇帝の肩書きを持ちつつも政治に口を出す権利を持っていない。

つまり、彼はお飾りの皇帝なのである。

もちろん、皇帝の実態は国民には秘密で、知るのもディンと十二人の議員だけである。

元々反乱が成功したとき、独裁政権の恐ろしさを痛感したディンたち反乱軍の重鎮（じゅうちん）は、議会制への移行を提案した。

しかし血統を重んじる貴族たちの反発が強く、バルトを皇帝として据えなければ新しい政権を支持しないとまで言われてしまったのである。

結果バルトが皇帝となったが、彼には体調に色々と『問題』を抱えていた。反応しないのも、そのひとつである。

そんな自分が皇帝となり政（まつりごと）の中核を担えば、何かあったときに帝国が傾きかねないと、バルト自ら『自分を傀儡（かいらい）にせよ』『自分が死んでも国が傾かぬ仕組みを作れ』とディンに告げ、議会を設置することを提案した。

その後ディンが選んだ信頼できる十二人の議員を集め、彼らとディンが中心になって政を行うことになったのである。

表向きはバルトが政治を行っていることになっているし、実際議会での彼の発言はいつも的確で重用されている。新しい帝国の憲法も、彼の案がほとんど採用されている。

だが決定権は、彼にはない。多数決の際にも彼は数に入っていないのだ。そんな歪な関係をバルトは受け入れているが、議員たちとディンは心苦しくも思っている。

そもそも、静かに暮らしたいと言っていたバルトを反乱軍に招いたのもディンたちなのだ。父である前皇帝との関係が悪化し、投獄されていた彼を助け出した彼らは、バルトの有能さと父によく似た容姿を利用し『非業の皇子が国のために立ち上がる』という筋書きをしたて反乱の御旗としたのである。

そしてさんざん利用して、父と同じ道を歩きたくないと思っていたバルトを皇帝の座につかせ、挙げ句の果てに彼が持つべき地位と権利を裏で奪っている。

自分を蔑ろにしていると怒ってもいいくらいなのに、バルトは、それを黙って受け入れていた。

だから彼はいつも一歩引いたところから議会を見つめ、求められるまで黙っているのが常なのである。

しかし今日のバルトは、いつもと少し様子が違った。

「帝都の拡張計画についてだが、事前に配られた資料に誤りが多すぎたので正しいものを作り直した。見てほしい」

議会が始まっても最低一時間は話さない彼が、一分と経たずに口を開いたのだ。その上普段はディンが用意している議会の資料まで、いつのまにか作っていたらしい。

それだけでも驚くのに、バルトは率先して発言し、この一ヶ月膠着し続けていた三つの議題を瞬く間に進行させた。

彼らしくない振る舞いに議員たちは驚き、最初は怪訝そうにしていたが、普段はともかく仕事となるとバルトはやたらと弁が立つ。

結局、議員たちはこれ幸いと、最後は進行を完全に丸投げしていた。

そもそも議会にはまとめ役を率先してこなす者がいないのだ。

議員たちは皆有能だが、バルトとディン、そして今年で六十になるフリード議員と、唯一の女性議員であるヒルデガルド議員を除けば、二十代そこそこの血気盛んで主張が強い若者ばかりが揃っている。

そのためいつもはディンが進行役を買って出ていたが、彼もまた、基本我が強い。引けぬ場面ではついつい喧嘩腰になり、実際殴り合いが勃発したこともある。

政の場とは思えぬ荒々しさだが、元々この帝国は武闘派として名を馳せた騎馬民族が興した国だ。争いが絶えぬこの地を平定しようと立ち上がったのが初代皇帝であり、彼の圧倒的な強さが血の気が多い者たちをまとめ上げたとされている。

それ故、建国当時は政治の場でも暴力は当たり前で、毎日のように殴り合いの喧嘩が勃発していたらしい。歴史書にもその絵が載っているくらいだし、バルトの父が独裁政権を築くまではそれが当たり前の光景だったようだ。

　昔に比べれば政治に携わる人間は理知的だが、それでも殴り合いの乱闘は平気で起こる。むしろ話し合いが拗れてしまった際は一度気のすむまで殴り合い、冷静になったところで話し合いを再開するのが通例だった。

　そしてそこまで拗れたときにだけ、バルトが間に入り場をまとめる。自分からは決して前に出ないが、彼は腕も立つ。どんなに誰かが暴れていても、適切なタイミングで間に入り、拳を向けられても軽くいなして落ち着かせるのが異常に上手かった。

　そんな彼が普段から発言し議会を動かせばとディンは思っていたが、自分の立場をわきまえすぎるところがあるバルトは、極力前に出なかったのだ。

　なのに今日の彼は、ただ黙って話を聞いているだけではなかった。自ら進行役を買って出た彼のお陰で二ヶ月ぶりに定刻通りに会議が終わりディンは気分が良かったが、議員たちの中には不安そうな顔をしている者もいた。

　その多くは前皇帝の横暴によって家族や故郷を奪われた者たちだ。故に、政治に積極的なバルトの姿に前皇帝の姿が重なって見え不安を覚えてしまうのだろう。

　彼らの不安を察したのか、バルトが席を立った瞬間、唯一の女性議員であるヒルデガルドがついに口を開いた。

「いきなり政に興味を持ったようですが、どういう風の吹き回しですか？」

どこか警戒をするような声だったが、バルトはまったく怯まない。そしてディンにだけ見えるウキウキも、まったく消えていなかった。

「余は政に興味はない。ただ、早く仕事を終えたかっただけだ」

予想外の答えだったのか、議員たちはきょとんとした顔でバルトを見ている。

「何かご用事が？」

ヒルデガルドが尋ねると、バルトは「用事ではなく訓練だ」と返す。

「議会が長引くと仕事が後ろにずれる。そうすると、ターシャに会う時間が減る。それが嫌だった」

バルトの発言に、ディンは思わず手で顔を覆った。

（ターシャさんのことは、議員たちにはもう少し秘密にしておきたかったのに……！）

「あの、ターシャとは？」

ヒルデガルドが質問を重ねると、バルトは間髪を容れず口を開いた。

「余に、とても優しくしてくれる女性だ」

間違ってはいない。いないけれどその言い方は激しく誤解を生むし、周りに無駄な興味を抱かせるものだ。

その上バルトは「午後の鍛錬の時間が迫っているから」と、ひとりさっさと出て行ってしまう。

「おい、ターシャって誰だ！」

「あのバルトに、ついに女ができたのか!?」

そんな言葉と共に、議員たちにディンが詰め寄られたのは言うまでもない。

無視して自分も帰りたかったが、議員たちは反乱軍時代から気心の知れた仲で、ディンには容赦してくれない。

それに政治の中核を担う彼らには、バルトが勃たないことも話してある。

ならばもう、ここは開き直ってターシャの素性も彼女を呼び寄せた流れも説明するほうが得策かとディンは諦めた。

そして二人のことを説明すれば、意外にもバルトが女性に興味を示していることは好意的に受け止められた。

だが、進捗を逐一報告しろと言われてディンは顔をしかめる。どう考えても、彼らが話を聞きたいのは面白半分でだ。

まあディンだって、あのバルトがターシャに懐いている姿を面白がっているので、好奇心をむき出しにする議員たちを責めることはできない。

だってあのバルトが、ウキウキしているのだ。

前代未聞すぎてもはや笑える事態である。

その後ディンは、議員たちにバルトとターシャの動向を毎日報告すると半ば強引に約束させられた。

　それ故、午後の鍛錬が終わり執務室に戻ってきていたバルトに、ディンはさっそく探りを入れることにした。

「昨晩、ターシャさんと何があったんですか？」

　ディンが尋ねたのは、執務室で新憲法の草案を練っている最中でのことである。

　この手の話題を語るタイミングではなかったが、いつもの三倍の速さで書類を確認しているバルトは、ウカウカしているとあっという間に仕事を終えてしまいそうだったのだ。

　そしてたぶん、やることが終われば彼はディンを置いてターシャの元へ向かってしまうに違いない。

「昨晩？」

「今日はとても楽しそうなので、何かあったのかと思いまして」

「たしかに、いいことはあった」

　尋ねると、バルトは手元の書類に目を向けたまま、相変わらずの無表情で応えた。

「ターシャが葡萄と桃を食べてくれた」

　それのどこがいいことなんだと突っ込みたかったが、弟の思考が常人には理解し得ないのはいつものことだ。

「……夜食を一緒にとったということですか？」

「いや、夢の中で食べた。それも、砂浜で」

「淫夢を見るはずが、ずいぶん健全ですね」

「淫夢は、頑張ったが無理だった」

でも葡萄は出せた、桃は出せたと幼い子供のように言うバルトに呆れつつ、ディンは辛抱強く質問を重ねて昨晩の状況を聞き出す。

(望みがないから夢を見られない……。なるほど、夢見の力が願望と結びつくなら、やはりバルトとはかなり相性が悪い……)

だとしたら別の方法をとるべきだったかと悩んでいると、バルトが手元の書類から顔を上げる。

「……時間はかかりそうだが、もう少し頑張ってみてもいいだろうか」

ディンの考えを察したように、バルトが言葉を紡ぐ。普段は鈍感なくせに、妙なところで彼は鋭い。今回もディンが夢見の力を見限ろうと思っていることに、彼は気づいたのだろう。

(だが気づいていて、自分の望みを口にしたのは初めてだな……)

彼は基本何も望まない。言われるがまま、求められるがまま、自分を殺し必要な役割に徹するばかりだった。

思えば、バルトは幼い頃からずっと、自分を押し込め望まれた存在を演じることを求められてきた。そしてそれを軽々こなす有能さが、全ての不幸の始まりだったのかもしれないと、ディンはそこで表情を曇らせる。

「やはり、まずいか？」

ディンの顔を見て、バルトのウキウキが一瞬にして消え失せる。

気がつけば、彼は何かをこらえるように、胸を押さえている。その表情に頑なさが戻りつつあるのを見て、ディンは慌てて首を横に振った。

「いいえ、お好きなようになさってください」

「よいのか？」

「あなたが自分の身体を治そうと、そう思ってくれただけ大進歩です。それをあのルシャの娘が促したというなら、止めるつもりはありません」

ディンが告げた途端、バルトの顔にあまりにささやかな笑みが浮かぶ。

「止められなくてよかった」

笑みはすぐに消えてしまったが、それを目の当たりにしたディンの動揺は激しかった。

（バルトが笑うなんて、子供のとき以来かもしれない）

それを嬉しく思うと共に、同時に苦い思いがこみ上げる。

笑顔だけでなくバルトは感情や感覚、一部の記憶までもを失っている。

そしてその経緯は、あまりに残酷で悲惨なものだった。

だがそれを、バルトはあまり気にしていないし、過去のことも最近はあまり思い出さないらしい。たぶん彼の身体と心は、今も壊れているのだ。

そんな彼が幼い頃から唯一持ち続けているのは、ディンへの情だ。しかしそれを、ディンは利用している。

バルトはディンの指示には絶対忠実で、何を言われても不平不満をこぼすことすらなく、自分から何かを望むこともない。

それがわかっていながら、皇帝としての権利も、自由も、意志も与えず弟を飼い殺しにしている自分の罪深さを悔いていると、ふと頭に父の姿がよぎる。

かつてバルトに並々ならぬ執着を見せていた父の姿は、今思い出しても異常だった。

自分に似た息子に執着し、利用していた父と自分が重なりかけ、ディンは慌てて父の存在を頭から追い出した。

「……草案はできた。他に、確認すべき書類はあるか？」

バルトの声にはっと我に返ると、宣言通り彼は仕事を終えたようだった。

「ええ、あといくつか……」

「それを確認したら、ターシャに会いに行ってもいいだろうか？」

いつもなら仕事がなくても、仕事の時間が終わるまでバルトは椅子に座したまま動かない。なのに今日は、今にも部屋を出たいという気配を彼から感じる。

それを新鮮に思いつつ、嬉しいと思える自分にディンは少しほっとする。

「……ターシャさんと過ごすのは、楽しいですか？」

尋ねると、彼は小さく首をかしげる。

「わからない」

「でも今も、あの子に会いたいと思っているのでしょう？」

尋ねると、バルトは頷いた。

「ああ。夜が来るのが待ち遠しい」

それを楽しみにしているというのだが、バルトはわかっていない。

（でももしかしたら、ついに彼も理解するのかもしれない）

いや、理解するべきだとディンは思う。

（自分から何かを望むことを覚えれば、バルトはようやく幸せになれる）

そしてそれが、世継ぎの問題も解決する鍵になる。

こんなときでも皇帝としての義務と絡めて考えてしまう自分に苦笑しつつ、ディンは弟が妙に気に入っている魔女のことを思う。

皇帝の相手として、相応しいとは言い難い身分だ。属州から集まった若者たちが前皇帝を討ったことで、帝国では身分よりも能力を尊重しようという変革の時代が訪れているが、それを以てしても皇帝の妻にするのは簡単ではないだろう。だから、バルトが必要以上の執着を抱くことには、若干の懸念もある。

（だが、魔女の力は利用できる）

欠点もあるが、囲っておいて損はないし、バルトのことだからこれを逃せば、次にいつ女性に興味を持つかわからない。その辺りは政に携わる者たちも知っているので、当分の間側に置くのは問題ない。愛人として囲っておくくらいなら、根回しは簡単だろうとディンは考えた。

（むしろ一番の問題は、揃いも揃って鈍いところか……。恋愛関係になればバルトの下半身の問題もサクッと解決しそうだが……）

バルトはもちろんターシャという少女も恋愛ごとには疎そうだ。

（あれは絶対処女だろうしな）

失礼なことを考えつつ、ディンはバルトを窺う。

（そしてこっちは童貞だ。……これは私が、どうにかしないとまずいだろうな）

そう思ったディンはいつになく気合いを入れ、手元にあった書類をバルトに放った。

「すみません、急用を思い出したので私は行きます。バルトも、確認した書類と草案を提出したら今日は帰ってかまいませんよ。もちろん、ターシャさんのところに行ってもかまいません」

「ありがとう」

「ただ、暗くなるまでは待ってください。色々と準備が必要なので」

「準備？」

「詳細は追々。それでは、行ってまいります」

頭に浮かんだ様々な計画は口にせぬまま、ディンは笑顔で執務室を後にした。

バルトが仕事の間、ターシャは基本やることがない。

彼からは「好きに過ごすとよい」と言われているが、それも心苦しいターシャはキーカの元でルシャの力について学ぶことにした。

学ぶといってもキーカは「教えるのがめんどくさい」という態度を崩さないので、彼女が持っている教本や、力を強めると言われる薬を作ることに専念する。

「……あんた、毒薬でも作っているのかい？」

ターシャに与えられた部屋にはバルコニーがついており、そこに簡易のコンロと薬鍋を置いて薬を作っていたのだが、出来上がったものはどう見ても失敗作だ。

教えるのは面倒と言いつつ茶々は入れてくるキーカにむっとしながら、ターシャは鍋の中で渦巻く紫色の液体を覗き込む。

「材料は合ってるはずなのに……」

「火加減と混ぜ方がダメなんだよ」

「気づいてたなら教えてよ」

「失敗こそが一番の学びだよ。それにあんたは手先がとことん不器用だから、教えても意味ない」

前半はともかく、後半の言い草はひどすぎると思いながら、ターシャは大きなため息をついた。

「ずいぶんひどい色ですが、毒薬でも作ってるんですか？」

そんなとき、キーカとまったく同じ物言いが背後から響く。

驚いて振り返るとディンがターシャの鍋を覗き込んでいた。

「あ、もしやバルトの毒殺でも狙ってます？」

「そ、そんなわけないじゃないですか！　むしろこれは、力を強めるための薬です！」

「食べたら死にそうな色してますけど」

「それはあの、ちょっとだけ失敗しちゃって」

「これでちょっと？」

小さく吹き出され、ターシャは真っ赤になって項垂れる。

「ともかくあの、片付けてきますので……」

「それは使用人にやらせましょう。実はターシャさんにバルトから贈り物がありまして」

「陛下が私に？」

　もしやまた果実だろうかと考えていると、いつのまにかディンの背後に三人のメイドが現れる。

「なのでまず、ターシャさんはお風呂に入りましょうか」

「え、待ってください。贈り物ってお風呂なんですか？」

「いえ、もっと特別なものです。でもそれを着こなすために、せっかくならより美しく磨いてはどうかなと」

　言うなり、メイドに腕を掴まれ立たされる。

「ディン様、この方を目一杯磨き上げればよいのですね？」

「私たちの好きにしていいんですよね？」

　やけに楽しそうなメイドたちに、ターシャは言い知れぬ不安を感じる。

「はい、好きにやっちゃってください」

「いやあの、待ってください！」

「待ちません」

　ディンが容赦なく切り捨てるやいなや、三人のメイドの手によってあれよあれよという間にターシャは浴室まで連れてこられてしまった。

そしてあっという間に服を脱がされ湯の張った浴槽に放り込まれたところで、ターシャの意識は飛びかけていた。

なにせ三人がかりで身体を磨き上げられたあげく、髪に香油をつけられたり、全身をもみほぐされたり、ありとあらゆる美容術を施されてしまったのである。

「貴族の方は、毎日これくらいのお手入れをなさっていますよ」

なんてメイドは笑っていたが、ルシャであるターシャにはあまりに刺激が強すぎる。

だって可愛らしいメイドたちに、裸のままありとあらゆる場所を触れられ磨かれるのだ。

イヤらしい行為ではなかったが、服を剝かれた時点で逃げ出したくなったターシャに耐えられるわけもない。

その後ずいぶん長い時間放心していたらしく、はっと我に返るともう日も暮れていた。

そしてターシャはなぜだかバルトの寝室におり、馴染みのない服まで着せられている。

(っていうかこれ、服なの⁉)

寝台の上に腰掛けていたターシャは、慌てて飛び降り部屋の隅に置かれた鏡の前に立つ。

「布がほとんどない⁉」

鏡に映るターシャが身に纏うのは、ルシャが祭りのときに纏う装束によく似ていた。ルシャは音楽と踊りを愛する。故に祭りのときはこうした薄い衣を纏い伝統の舞を舞うのだ。

だがターシャがよく知る衣装より、布の面積がさらに小さい気がする。若いルシャの中にはこうした際どい装束を纏う者もいると聞いたことがあるが、ターシャは絶対に着ないと思っていた。

（わ、私の服……服はどこ……!?）

慌てて周囲を探すが、着替えは影も形もない。代わりに書き物机の上には小さな紙が残されており『その服はバルトからの贈り物ですので脱がないように』という文が書かれている。

たぶんディンが書いたものだとわかったが、このときばかりは彼の言いつけを無視したくなった。

（こんな服で、陛下と会うなんて無理！）

彼だって贈った服を着こなせないターシャを見たら、がっかりするに違いない。ならば今すぐ自室に戻って着替えなければと、ターシャは慌てて扉を開ける。

「早いな」

だが開け放たれた扉の向こうには、すでにバルトが立っていた。

悲鳴を上げかけたターシャをじっと見つめ、それからそっと彼女を部屋に押し戻す。

そのまま扉を閉める間、彼は一言も話さなかった。

（いっそ何か言ってほしい……）

自分で服を贈ったのだから、何かしら言葉があってもいいはずだとターシャは思うが、バルトはただじっとターシャを見ていた。

そのまま長い時が過ぎ、ターシャはあまりに居たたまれなくて泣きそうになる。

これ以上無様な姿は晒したくないのでぐっとこらえるが、情けなく顔が歪むのは止められない。

「なぜ、泣きそうな顔をしている」

そこでようやく、バルトが口を開いた。

「だって、あの……」

「どこか具合が悪いのか？」

見当違いな心配をし出すバルトを見て、ターシャはこのまま黙っていても何も解決しないと気づく。

「ごめんなさい。せっかくいただいたお洋服ですけど肌が出るのが恥ずかしくて……」

「……余は、服など贈っていないが？」

「へ？」

「ターシャに贈り物をしたいとは思ったが、何を贈ればいいかわからなかった」

言いながら、バルトはターシャの唇にそっと指で触れる。

「化粧もしたのか？」

「は、はい……。メイドの方たちに、色々されてしまって……」

「その紅の色は、ターシャの褐色の肌によく合っている」

　突然の褒め言葉にこぼれそうだった涙も引っ込み、唖然とした顔でターシャは固まる。

「髪を結っているのもよいな。それに服も、似合っている」

「あ、ありがとう……ございます……」

「もっと明るいところで見てもいいか？」

　言うなり暖炉の側まで連れてこられ、柔らかな敷物とクッションの上に座らされる。

「このあたりは夜になるとひどく冷える。薄着をするときは、暖炉の側にいたほうがよい」

　そんな心配をしつつ正面にどっかりと腰を下ろしたバルトは、どこか満足げな顔でターシャをじっと見つめる。まっすぐすぎる視線に恥ずかしさを感じていると、うつむきかけた顎を優しく摑まれた。

「顔も見たい」

「でも、恥ずかしくて……」

「なぜ恥ずかしがる」

「だってこんな、肌が出る服は今まで着たことがなくて」

「ならこれから着るとよい。よく似合っているし、綺麗だ」

　言葉と共にバルトの表情が解れ、小さな笑みが浮かんだ。一瞬で消えてしまったが、どこか甘い表情に、ターシャの胸が激しく乱れる。

「あまり、褒めないでください」

「褒められるのは嫌いか？」

「は、恥ずかしいのです……」

「ターシャはすぐ恥ずかしがるな。しかしそういうところも、よいと思う」

言いながら頬を軽くくすぐるバルトは、新しいオモチャを得た子供のようにも見えた。

楽しげな雰囲気を感じると怒ることもできず、ターシャは仕方なくされるがままになる。

「そういえば、少し前にこれとよく似た服を着ている女性の絵を見たな」

不意に、バルトがターシャを見つめながらこぼす。

「絵……ですか？」

「確かあれは、挿絵だった。ディンに勉強のために読めと渡されたのだが、女が踊りながら衣服を脱ぐという妙な内容だった」

「そ、それって夜伽に関する本なのでは……」

「だが男は出てこなかった。女性が服を脱ぎ、身体に触りながら妙な声を上げながら踊る内容でな」

ぜったい淫らな本だと思ったが、自分がそれと同じ服を着ていると思うと、何となく指摘しづらいターシャである。

「あまりに意味不明なのでじっくり読み込んでいたら、ディンに『そういうのがお好きなんですね』と妙に喜ばれてな。あれ以来よく、同様の意味不明な本を読めと言われる」

「……へ、へぇ」

情けない返事をこぼしながら、ターシャは今さらのようにこの服を着せられた理由を察する。

（ディンさん、絶対こういうのが陛下の好みだと思ってる……。この格好で力を使えば、あわよくば淫夢を見られるに違いないとか絶対思ってる……）

いい迷惑だと思う一方で、ターシャを見つめるバルトの嬉しそうな顔を見ていると、彼の作戦はあながち間違っていないのかもしれないとも思う。

当人に自覚はなさそうだが、確かに服自体は好みなのかもしれない。

（ただ陛下は、絵や文章ではあまり興奮できないたちなんじゃないかしら）

様々な淫夢を見てきた経験から、世の中には色々な趣味の者がいることをターシャは知っていた。

実際の女性が苦手で絵でしか興奮できず、古今東西の春画を夢に見たいと願った者もいれば、普通の容姿では興奮できず猫の耳や尻尾をつけた女性を夢に見たいと願う者もいる。

（もしかしたら陛下も、意外とこだわりが強いのかもしれない）

感情や欲望が薄いからといって、こだわりがないとは限らない。むしろ無自覚のうちに強い執着を抱いていることだってありえる。

「……あの、少し早い時間ですが一度夢を見てみませんか？」

ターシャの提案に、バルトは少し考え込む。

「しかし、昨日の今日で淫夢を見られるかどうか……」

「いきなり淫夢を見ようとせず、さっき話していた本の内容から始めませんか？」

無意識に惹かれるものがあるのなら、夢にも出てくるかもしれない。それが呼び水となり、バルトの男性としての欲望が僅かでも目覚めればとターシャは思ったのだ。

「女が踊る夢をか？」

「淫夢には女性が必要でしょう？　でも陛下の夢にはまだ出てきていませんし」

「そなたがいる」

「わ、私は陛下が呼び出したものじゃありません」

夢に影響を受けることもあるが、ターシャがいるのは力の副作用であってバルトが望んだわけではない。

それを告げると、彼はひとまず納得した顔で横たわった。


いつもの手順を終えて夢に入れば、そこはバルトの寝室だった。

「陛下、ベッドがあります！　淫夢にだいぶ近づきましたね！」

淫夢と言えば寝台だとターシャが興奮する一方、なぜだかバルトはどこか不満そうな顔でターシャを見ている。

「なぜ着替えた」

「へ？」

「服だ、いつもの服に戻っている」

指摘され、ターシャは肌の露出が減っていることに気づいた。

「陛下の望みが夢に反映されるように、私の望みもほんの少しですが夢に反映されるんです。だからきっと、私の恥ずかしい気持ちに反応して元の服に戻ったのかと」

反映されるのは主に自分に関わることだけだが、服やちょっとした小物くらいなら変化させることは可能なのだと、ターシャはバルトに教える。

「余は、あの服が好きだ」

「なら、さっきの服を着ている女性を出現させられるよう頑張りましょう！」

「いや、余は……」

「きっとできますよ！　見たいと願えば、今すぐにでもぱーんっと――」

出るでしょうと言いかけた瞬間、寝台の上に『それ』は現れた。

「出たな」

バルトの声は、珍しくちょっと嬉しそうだった。

だが現れたものを見た瞬間、ターシャは顔を真っ赤にする。

「な、なななななななな！」

なんでという一言さえ口にできなかったのは、寝台の上にちょこんと座り込んでいるのがターシャそっくりの女だったからだ。

先ほどの服を纏い、無邪気に微笑む姿は、どこからどう見ても自分である。

「これはダメです！」

寝台に飛び乗り腕を振ると、現れた偽物は霞のように消える。

途端に、バルトが残念そうに肩を落とした。

「見たいと願ったものを出したのに、ターシャは褒めてくれないのか？」

「だって、あれは私です」

「だが、余が見たいと願ったものだ」

「でも、私ですよ！」

「女性を出現させるのが淫夢への第一歩だと言ったのはそなただ」

確かに言ったけど、まさか自分が夢に現れるとは思っていなかったのだ。

「ち、違う人にしてください」

「絵の女性を想像したが、出なかった」

次の瞬間、ポワンと光が弾け、ターシャの横にターシャが現れる。それどころか現れた偽物は無邪気な顔でバルトに駆け寄り、彼の身体にぎゅっと抱きついた。

「だからダメです!!」

恥ずかしさに真っ赤になりながら、バルトに駆け寄ると偽物の自分を慌てて消した。慌てすぎて息を上げているターシャを見て、バルトが初めて不満そうな顔を見せる。

「余が見たいのは、あの服を着たそなただ」

「い、淫夢に関係ないものはダメです」

「関係なくはない、不思議だがあの服を着たそなたを見ると裸にしたいとも思う。それは、性欲からくる願いだろう」

「せっ……!?」

「だから余は、どうしても、あの服を着たそなたが見たい」

いつになく力強い声が響いた瞬間、今度はターシャの胸元で光が弾けた。次の瞬間着ていた服がするりと解け、先ほどの装束がターシャの身体を包み込む。

「うん、よく似合っているぞ」

「に、ニコニコしながら言わないでください」

バルトはそのとき初めて、満面の笑みを浮かべた。あまりに嬉しそうな顔をされると、文句は言えなくなってしまう。

その上彼は、ターシャの身体を抱え上げ彼女の胸元に頬まで寄せてくる。

恥ずかしさに悲鳴を上げたくなるが、子供が母親に甘えるようなくっつき方と表情をされると、抗議ができなくなってしまう。

「そろそろ褒めてくれないか？　余は、望むものを容易く夢に出せるようになったぞ」

「……そ、それは喜ばしいことですけど」

「見ろ、先ほどと寸分違わぬ服だ。再現度も完璧だろう」

「そ、それはすごいですけど、そろそろ放してほしいのですが」

「なら、もっと褒めてほしい。余は、ターシャに褒められたいから頑張ったのだ」

先ほど浮かべていた笑みはもう消えてしまったけれど、彼がワクワクしながら待っている気配にターシャは負けた。

(それにここまで無邪気に言われると、さすがにちょっと嬉しいし可愛い……)

恥ずかしがっているのも馬鹿らしくなってきて、ターシャはそっとバルトの頭を撫でる。

抱き上げられたということは、何となく頭でも撫でてほしいのだろうなと思ってそうしたが、頭を撫でられた瞬間彼は少し驚いた顔をしていた。

「……そうされるのは、とてもよいな」

だがすぐに彼は目を細め、幸せそうに頬を緩ませる。

その顔を見ているとなぜだかターシャの胸がキュンと疼き、落ち着かない気持ちになる。

一方でもっとこの表情を見ていたい気もして、ターシャはバルトの頭を優しく撫で続ける。

「私の力を上書きして服を着せるほどですから、裸の女性もすぐ出せるようになるかもしれませんね」

「裸……か」

「ぜ、絶対想像しないでくださいね！」

「しようとしても、見たことがないのでできない」

それにほっとする反面、バルトがじぃっとターシャの身体を見つめているのが気になる。

「ぬ、脱ぎませんよ？」

「だが見せてくれたら、裸の女性が夢に出せる気がする」

「裸の女性っていうか、絶対私になりますよね！　それはダメです」

「なぜだ。裸の女性を見たら、反応するかもしれない」

言いながら服の裾にバルトが手をかけた瞬間、ターシャは反射的に彼の手をはね除ける。

思いのほか力強く退けてしまった腕を見て、バルトが驚いた顔で固まる。

「も、申し訳ございません……！」

皇帝相手になんて失礼なことをしてしまったのかと、ターシャは今さら顔を青ざめさせる。

「……余に肌を晒すのは、嫌か？」

本当はきっと、彼が望むなら肌だって見せねばならなかったのだろう。

だが今まで男性と触れ合ったことさえないターシャにとって、肌を晒すのは恥ずかしいだけでなく恐ろしいことだった。

「……まだ、誰にも見せたことがなくて……。それに裸になった後、されることが本当は苦手で」

「苦手？　そなたは淫夢の魔女なのにか？」

「淫夢が好きだから見せているわけではないんです。望まれる夢がそればかりだから、そう呼ばれているだけで……」

むしろ見たくもない男女の行為を見せられ続けているうちに、自分がいずれ誰かと身体を繋げるのかと思うと怖くなってしまったのだ。

強い欲望が見せる夢はどれも激しくて、女性が乱暴をされていることも多い。気持ちよさそうにしている場合もあるが、怯えて震える姿は見るに堪えず本当はずっと怖かった。

それをおずおずと伝えると、バルトは寝台の上にゆっくりとターシャを下ろす。

「すまない。勝手に、淫らなことが得意なのかと思っていた」

「得意などころか、自分が経験したこともないんです。夢だって、本当はもっと綺麗で素敵なものを見せたいのにままならなくて」

口にすると、何だか自分が情けなく思えてくる。

（よくよく考えれば、自分も未経験なのに陛下の身体をどうにかしようなんておこがましすぎる……）

そんなことを考えながら落ち込んでいると、不意にバルトの手がターシャの頭にそっと乗せられた。そして今度は、彼がねぎらうように彼女の頭を撫でる。

「苦手なのに、そなたは余のために色々と頑張ってくれていたのだな」

「頑張ると言うほどのことは、なにも……」

「そんなことはない。暗闇しかなかった余の夢に、様々なものをもたらしてくれたのはそなただ」

そう言って微笑みバルトが天を仰ぐと、景色が移り変わり見覚えのない花畑がそこに広がる。

「あの、ここは？」

「……幼い頃、ディンが連れてきてくれた離宮の花畑だ。今はもうないが、かつてここが好きだったことを今日不意に思い出した」

足下の花をひとつ摘み、バルトはそっとターシャに差し出す。

「海を見せてくれた礼に、そなたをここに連れてきたいと思い記憶をたぐったのだ」

昔の記憶だからか、二人を取り囲む景色は少しだけ歪だった。描きかけの絵画のように色を失っている場所があったり、花畑の周囲には暗い闇が広がっている。

「少々欠けているが、許してもらえるか」

「許すも何も、こんな素敵な場所に連れてきてくださっただけで私は……」

嬉しさに胸を詰まらせていると、バルトがそっとターシャを抱き寄せる。

「喜ぶそなたを見ているのは、とてもいい気分だ」

いつになく幸せそうな声に、ターシャはそっとバルトに身を寄せる。先ほどはあんなに恥ずかしかったのに、今は不思議と腕の中にいられることが嬉しくて心地いい。

「だからもう、そなたの望まぬことはさせぬ。嫌なことは嫌と、そう言えばよい」

「でも……」

「余はそなたの喜ぶ顔だけ見ていたいようだ。だから気にする必要はない」

バルトが告げると、景色がゆっくりと解け夢が終わる。

はっとして目を開けると同時に、上着のようなものがターシャの身体に掛けられた。

「服も着替えるといい。少し残念だが、そなたが笑ってくれるなら、いつもの服でもかまわぬ」

身体を起こしながら告げる声はあまりに優しくて、なぜだかターシャは泣きたくなってしまう。

同時にこの人のために役立ちたいという気持ちが強まり、彼女はゆっくりと掛けられた上着を脱いだ。

「……裸は無理ですが、服でしたらいくらでも着ます」

「しかし、いいのか？」

「あんなにはっきり夢に出てきたということは、きっとこのような服がお好きなのでしょう？」

「確かに好きだ。それにその服を着た偽物のターシャを見たとき、実は少しだけ身体が普通でなかった」

そこでバルトは、自分の胸にそっと手を当てる。

「身体の奥がとても熱くなったのだ。じれったい気持ちになり、肌もザワザワした」

「それって……！」

もしや性欲の兆しなのではと、ターシャは息を呑む。

（こ、この服すごい……。やっぱりディンさんは間違ってなかったんだ……）

着ているのが自分であるのは複雑だが、先ほど彼は見たことのない裸を夢の中で上手く想像できないと言っていた。つまりターシャがたまたま着ていたから、彼女そっくりの少女が現れてしまったのだろう。

「陛下、これはとてもいい兆候です。他にも、好みの服はありますか？」

「あえて言われるとよくわからない。そもそも、服と淫夢と何の関係があるのか？」

「きっと陛下には関係があるんです！　世の中には、特殊な服装に興奮する方がいらっしゃるのですが、きっと陛下もそうなんですよ」

「余が、服に？」

「そうです！　裸で抱き合うよりも、特殊な服を着た女性を見たりしているほうが性欲を感じる人もいるんです」

「そう言われると確かに、裸の女性を見たときより服を着たそなたを見ているときのほうがドキドキする気がする」

「ならもっとドキドキする服を探しましょう！　そういう服を着た女性をいっぱい並べれば、身体がもっと反応するかもしれません」

「なるほど、ではさっそくディンに色々と借りに行こう。実を言うと彼も、女性の服を見るのが好きらしくてな」

「え、ディン様も……？」

驚くと同時に、その情報を聞いてしまっていいのかと不安になる。

(これまた、口外したら死罪になるやつなんじゃ……？)

などと思ったが、バルトの言葉は止まらない。

「隠しクローゼットに女性ものの服をたくさんしまっているくらい好きらしい。以前こっそり見せてもらったが、このように薄手のものが多かった気がする」

その服でいったい何をしているのか疑問が浮かぶが、深く考えてはいけない気もする。

「幼い頃はディンと一番仲が良かったし、彼とは似ているところもあるのだろうな」

どことなく嬉しそうな声に「よかったですね」と言うべきかターシャは迷う。だが少なくとも、彼の身体が反応するきっかけがわかったことはよかったと、彼女は笑った。

しかしそれから数時間後、彼女の笑顔はものすごく引きつることになるのであった。


いつもの服に着替えてから食事をしたあと、ディンに話をしに行こうとターシャはバルトに誘われた。

それは問題ないが、予想外だったのはひとつ下の階にあるというディンの部屋に行くまで、なぜか手を繋いでいることだ。

(どうしよう、何だかすごく落ち着かない)

手を繋いでいるだけでも恥ずかしいのに、少し離れた位置から付き従う警護の兵とメイドたちが妙に温かい視線を送ってくる。手をきつく握られているせいで、もしかしたら彼らは何か勘違いをしているのかもしれない。

「陛下、手を引かれなくても私は歩けます」

「そうか」

「それにほら、陛下は脚がお悪いようですし、手ではなく杖を握ったほうが……」

「今日は調子がいいので杖はいらぬ」

端的な返事を返されると取り付く島もない。もう諦めて繋いでいるほかないと思いつつ、ターシャは不自然な脚の引きずり方をしているバルトを見つめる。

「それに杖をついていると皆怖がるからな」

「怖がる？」

「父も、脚が悪くいつも杖をついていた。故に杖が床をつくあの音が聞くと、父を思い出して怖がる使用人も多い」

音だけで怯えられるなんて、よほど恐ろしい男だったのだろう。

その恐怖が、こんなに優しいバルトの評判を悪くしているのだと思うと何だか悲しくなる。反乱まで起きたということは、彼の父親はとても悪い人間だったのだろう。そんな男に顔や身体つきが似ているという理由で重ねられることを、バルトが快く思うはずがない。

「ただでさえ余は父と似すぎている、無様でもこのほうがよい」

「無様だなんてそんな。ただ、お辛くはないのかと心配になっただけで」

「足を壊されてからもうずいぶん経つ。痛みは時々あるが、それにも慣れたし不便はない」

そうですかと頷きかけて、『壊された』という言い回しにはっと気づく。

（もしかして、脚の怪我は誰かにひどくされたものなのかしら……）

どんな状況だったのかと気になるが、果たして自分が聞いてもいいのかと迷ってしまう。バルトの過去は、ターシャが想像するよりきっと複雑で重いもののような気がする。それを安易に掘り起こし、バルトを不快にさせたくはなかった。

「なら今度、古傷の痛みを抑える傷薬をお作りしましょうか」

過去を尋ねる代わりにそんな提案をすると、バルトが僅かに顔をしかめる。

「薬とは、飲む薬か？」

どことなく警戒した声に、ターシャは首を横に振る。

「傷用のものでしたら塗り薬ですけど、もしかしてお薬が嫌いなのですか」

「……ああ、昔色々と飲まされて嫌いになった」

口から入れるものは飲めぬと言いつつ、塗り薬だと聞いたせいか警戒は解ける。

「ルシャというのは、薬学にも精通しているのか？」

「ええ、ルシャは生薬(しょうやく)を用いた薬作りが得意なんです。とはいえ私の薬学は半人前ですが、薬師は豊富な知識で様々な病や傷を癒(い)やします」

自分に荷が重ければ、仲間から薬をもらってもいいと言うと、バルトは興味深そうに頷いている。

「不思議な力を持っていたり、豊富な知識を有していたり、ルシャというのはすごいな」

「すごいと言われるのは何だか新鮮です。不気味だとか、恐ろしいとか言われることのほうが多いですし」

「ターシャは不気味ではない。そなたの力には、とても助けられてる」

バルトのまっすぐな賛辞に、ターシャは嬉しさとこそばゆさを覚え頬を染める。

それを見たバルトは擽(くすぐ)るように、彼女の頬を撫でた。

「そなたは、すぐ照れるな」

「ほ、褒められ慣れていなくて……」

「そのまま慣れなくてよい。余は、そなたの照れる顔を見るのが好きだ」

喜ばれているとそれはそれで気恥ずかしいが、皇帝に顔を隠すなと言われてしまえばそのままにするほかない。

火照った顔のまま手を引かれていると周りの人々の笑みが深まった気がするが、ターシャはディンの部屋につくまで気づかないふりをした。

ひとつ下の階にあるディンの私室へと向かうと、意外な先客がそこにはいた。

「おやおや、お手々繋いでお散歩かい？」

部屋に入るなり、からかうような言葉をかけてきたのは、ワイングラスを片手にディンと談笑していたキーカだった。

彼女の指摘でターシャは慌てて手を放し、応接用のテーブルに載った酒の量に呆れる。

「まさか、ディン様にお酒をたかってたんじゃ……」

「これは報酬だよ。頼まれてちょいと力を使ったからね」

我が物顔でソファに寝転がり、ワイングラスを傾けているキーカ。彼女の向かいに座り、同じくワインを飲んでいたディンは、その振る舞いに怒ることもせず笑っていた。

「適正報酬ですのでご心配なく。いやはや、未来を見通す力というのは素晴らしいですね」

いつになくご機嫌なディンの様子からすると、さすがのキーカも仕事だけはきっちりこなしたようだ。

「何を占ったんですか？」

「西方の天候不順についてです。長い日照りがいつ終わるのかを、キーカさんには見ていただきたくて」

「天気は得意分野だから、楽な仕事だったよ」

キーカは、いつになく得意げな表情を浮かべている。

「見る未来によって、得意不得意があるのか？」

そこで疑問をこぼしたのはバルトだった。そんな彼とターシャを応接用のソファに座るよう促し、二人分の酒をつぎながらキーカは口を開く。

「変わる可能性の低い未来のほうが見るのは簡単なのさ。天気なんてものは、人の手じゃそうやすやすとは変えられないだろう？」

「では、逆に見るのが難しいものは何だ？」

「そりゃあ人の未来さ。意志と行動次第で、未来は簡単に変わるからね」

「でも、占うことはできるのか？」

「もちろん。ただそこまではっきりとは見えないし、人の未来に関しちゃ見える時期も指定できない。その上見える未来は断片的だったり、時には未来を暗示する抽象的なイメージだけしか浮かばないこともある」

だからこそ『占い』という形でルシャは客の未来を見る。イメージに具体性がないことが多いし、何かがはっきり見えたとしても正しく読み解ける保証はないからだ。

未来を見る力を持つルシャはよくいるが、見えた光景から正しい未来を推測できる者は多くはない。

キーカは経験と知識から未来を読み解くのは得意だが、それでも二割は外れる。

「未来が見えるのは便利だが、万能ではないのだな」

「万能だったら、ルシャは今頃とっくに定住の地を見つけて悠々自適に暮らしてるさ」

キーカはバルトにそう言うと、ワインを片手にニヤリと笑う。

「ただあたしは少し特殊でね。一度に複数の未来が見えるからルシャの中では腕利きだよ。

仕事から恋まで幅広い助言ができる」

むしろ見えすぎてしまうから、事前に占いたい事柄を教えてもらい、その未来だけを覗き込むようにしているのだとキーカはバルトに説明している。

「特に恋に関する占いは、けっこう当たるんだよ。よかったら、あんたも見てみるかい？」

「見よう」

だが二人のそんな会話を聞いて、ターシャは黙っているわけにはいかなくなった。

「むしろキーカの恋占いは当たらないいじゃない！　考察も適当で、何人の恋人たちを破局させてきたのよ！」

「破局する恋人もいないんだから余裕余裕」

謎の自信を見せるキーカに呆れるが、バルトはどことなくワクワクしている気がする。

「当たらなくてもよい。ただ、占いというものをやってみたいのだ」

興味があるの恋ではなく占いのほうかとわかった瞬間、ターシャは妙にほっとする。

(恋を占いたい相手がいるわけじゃないのね、よかった……)

うっかり笑みさえこぼれそうになって、ターシャはふと疑問を抱く。

むしろ誰かがいたほうが、彼に淫夢を見せるのには都合がいい。なのに、なぜよかったなどと思ってしまったのだろうか。

「じゃあ手を出しな」

ターシャが夢の力を使うときと違って、キーカは手を繋げばすぐ力を使えるし発動も早い。二人の手が重なった瞬間、キーカの琥珀色の目が白く濁る。未来を見るとき、彼女の虹彩はいつもこの色に変化するのだ。

「何か見えたか？」

「ああ。ハーレムが見えるね」

キーカの言葉に、バルトは首をかしげる。

「ハーレム？　この宮殿にはそんなものはないぞ」

「たぶんこれは夢の中だね。ターシャの力が見せるハーレムが、あんたを男にしてくれるようだ」

キーカが言うと、今まで黙って成り行きを見守っていたディンが前のめりになる。

「どんな女性たちですか？　顔は？　年齢は？」

「顔はよく見えないが、綺麗な服を纏った女たちだ。色々な国の民族衣装や、妙に露出度の高い服を着ている子もいるね」

(服……ってことはやっぱり、私の推測は当たってたのかしら)

だとしたら、服に関してもっと具体的な情報がほしいとターシャは思う。だが尋ねるより早く、突然キーカが弾かれたようにバルトから手を放した。

虹彩が元に戻ったが、キーカの焦点がなかなか合わない。それに珍しく、彼女の額には汗が浮かんでいる。

力を使うと疲弊(ひへい)するルシャも多いが、キーカは普段客を何十人と見ても顔色ひとつ変えない。だからその変化が、ターシャには少し不安だった。

「……なにか、悪いものでも見えたの？」

思わず尋ねると、キーカが目元を押さえながら首を横に振る。

彼女の様子に不安を覚えたのか、ディンもまた真剣な眼差しでキーカを見つめた。

「もしバルトに関して悪いものを見たのなら、隠さず教えてください」

「いや、むしろその逆だ。もっと深く覗こうとしたら、何も見えなかったんだよ」

そこで言葉を切り、キーカは気付けにと酒をあおる。

「見えなかったというより、見えすぎて歪んでいたという感じだね。まるで一度に二人の人間を覗いたときのように、あんたの未来は複数に折り重なってぐちゃぐちゃだった」

その光景に酔ってしまい、キーカは慌ててバルトの手を放してしまったらしい。

「それって、いいことなの？　悪いことなの？」

不安になったターシャが尋ねると、キーカは少し考え込む。

「いいとも悪いとも言えないね。たぶん陛下は、ちょうど未来の分かれ目にいるんだろうよ」

だから見える未来の数も多く、その形さえはっきりしないのだろうとキーカは言った。

「皇帝って立場は、普通の人より多くの選択や苦難を迫られることになるんだろ？　未来が見えにくいのは、きっとそのせいもあるだろうね」

キーカの言葉が事実なら、重なり合って見えないこと自体は、悪いことではなさそうだ。それがわかると、ターシャはひとまずほっとする。

「しかしハーレムだけは綺麗に見えたってことは、きっとものすごく重要な未来に違いないね」

いつもの調子を取り戻しつつ、そこでキーカがニヤリと笑う。その視線はなぜかターシャに向けられていた。

「ハーレムって何人くらいだったの？」

「十人くらいは見えたね」

「でも顔は見えなかったのよね？」

「……まあね」

「今、変な間がなかった？」

そして相変わらず、キーカはニヤニヤしながらターシャを見ている。

「そんなことより、あんたたちディンに用事があって来たんだろ？　ハーレムが見える前、彼の部屋で服を選んでる姿も見えたよ」

キーカの言葉に「そうだった」とバルトが立ち上がる。

「ディン、お前のコレクションを見せてほしい」

ドキドキする服を探しに来たというバルトの説明にディンは怪訝な顔をしたが、足りない言葉をターシャが補えばすぐさま納得してくれた。

「――なるほど。キーカさんの見た未来とも合致しますし、いい考えかもしれませんね」

「お前がターシャに与えた服はとてもよかった。他にもあれば、見せてほしい」

バルトの声が、いつもより力強いことに気づいたのだろう。ディンもまた、珍しく興奮した様子で拳を握る。

「ついにバルトも女性服の美しさに気づきましたか！　あれは南国で開発されたルシャ風の水着なのです。なかなかそそるでしょう」

「待ってください、あれ水着だったんですか!?」

今さら知らされた事実にターシャが慌てると、ディンが不敵な笑みを浮かべる。

「普段使いをされている方もいらっしゃいますし、ターシャさんもそうしてもいいのですよ？」

「普段使いは無理です……」

水着だと知った今は、もう一度着るのだって無理そうだ。

「ただ少し困りましたねぇ。実を言うと、服だけはいっぱいあるのですがターシャさんが着られそうなものは少なくて」

言いながら、ディンが暖炉の横にある本棚に手を伸ばす。棚飾りのひとつにディンの指先が触れると、本棚が音を立てて横にずれ、小さな部屋が現れた。

「とりあえず、中へどうぞ」

促されるまま中に入ったターシャは、隠し部屋らしからぬ広さと置かれた服の量に驚いた。奥には着替えに使えそうな鏡台なども置いてある。

「こりゃすごいねぇ。全部あんたが集めたのかい？」

ちゃっかりついてきたキーカが尋ねると、ディンは笑顔で頷いた。

「ええ。古今東西、様々な国々から商人を呼んで集めました。中にはサイズが合わず、自ら作り直したものもありますが」

ディンの言葉に、ターシャは驚く。

「ディンさんは手先が器用なんですね」

「人には頼みづらいですからね。かといって無理をして着られる体格でもないですし」

と言って、ディンは自分の厚い胸板をペタペタと触る。

(ん、待って……？)

「できることならもっと細身に生まれたかったですよ」

なんてことのないように言うが、ターシャが慄いた。

「……これはすべて、ディンさんが着る服なのですか？」

「当たり前でしょう、服は着るためのものですよ」

何言ってるんだこいつ、という顔をされたが、それはターシャが取るべき反応である。

「ディンは、着飾ると美しいぞ」

バルトまでそんなことを言うものだから、何だか自分の感覚のほうがおかしい気がしてくる。

確かに、ディンは所作も美しいし髪も長いため、バルトと比べれば女性的な美しさもある。だがやはり体格はいいし、バルトに似た凛々しい顔立ちをしているのだ。

（いやでも化粧映えしやすそうだし、背が高い女性もいないことはないか……）

違和感はものすごいが、確かに綺麗かもしれないとは思う。その様子を見ていたディンが、少し不思議そうな顔でターシャを見つめた。

「もっと気持ち悪がられるか、笑われるのを想定していたのですが？」

「意外だったので驚きましたけど、別に気持ち悪いとは思いません。そう言われて嫌な気持ちになるのは、よく知ってますし」

それに女性の服が好きな男性客に、淫夢を頼まれることはわりとよくある。

「女性ものの服を着たまま致したいけど相手はいないっていう常連さんが前に何人かいたんです。だから異性の服が好きな方って、意外と多いんじゃないですかね」

ターシャの言葉に、同意するように頷いたのはキーカだ。

「なんだったら、ターシャに夢を見せてもらったらどうだい。こうやって隠してるってことは、表に出せない趣味なんだろ？」

「……そういう夢も可能なのですか？」

「あんたが望むことなら、ターシャはなんでも見せられるよ」

キーカの言葉に、ターシャは大きく頷いた。

しかしその提案に、なぜかバルトが黙っていなかった。

「そなたは、今は余の専属だろう」

オモチャを取られそうになった子供のように、バルトはターシャの身体を後ろからぎゅっと抱え込む。

ターシャは慌てたが、ディンはそれを見てなぜか嬉しそうに笑う。

「あなたからターシャさんを取るつもりはないので安心してください。夢を見ずとも、この部屋がありますから大丈夫ですよ」

「なら、ターシャはやらぬぞ」

「私が彼女と夢を見るの、そんなに嫌なんですか？」

「夢を見せるということは、指をなめ同じ寝台で一緒に眠るのだろう？　それは、とても不快だ」

言いながらぎゅっとされ、ターシャは身体に巻き付いているバルトの腕をあやすようにさすった。

「座ってやることもできますよ？」

「でも手は繋ぐのだろう。寝るのもそうだが、そなたの手を他の男が取るのは嫌だ」

耳元でこぼれた声に、ターシャはなぜか落ち着かない気持ちになる。

「今だけでよい。そなたの夢もこの手も、余のものであってくれ」

懇願する声にはいつになく感情がこもっていて、ターシャは慌てて頷いた。

「陛下が望むのでしたら、もちろんです」

「あともうひとつ、我が儘を言ってもよいか？」

「もちろんです」

バルトにねだられると、ターシャはつい頷いてしまう。

「なら、ターシャでハーレムを作ってもよいか？」

しかしバルトの願いはあまりに予想外のもので、ターシャは間抜けな顔で固まった。

「ハーレムは、そなたがいい」

「ハーレムというのは、女性をいっぱい侍らせるアレですよね？」

「そうだ」

「でもあの、私は一人ですよ」

「先ほど、夢の中でもう一人出せただろう。同じ要領で、増やせないかと思ったのだ」

バルトの言葉に、そこで派手に笑い出したのがキーカだった。

その顔を見て、ターシャはキーカがずっとニヤニヤしていた理由に気づく。

「キーカ、本当は私だってわかってたんでしょ！」

「まあね。でもそれを口にして、未来が変わったら困るだろう」

むしろそんな未来は変わってほしかったが、すでに我が儘を聞くと言ってしまった後だ。

「ターシャ、余はこれがよい。着てくれるか？」

ようやく身体からバルトの腕が離れたと思えば、先ほど同様露出度の高い服を彼は手にしている。

「許可なんて取らなくていいんだよ。夢はあんたが望むようにできるし、好きなだけうちの孫を着せ替え人形にしてやりな」

「き、キーカ！」

「あんただって、色んな国の可愛い服を着てみたいって言ってたじゃないかい」

確かに可愛い服を着たい願望はあったけれど、望んでいたのはこんな展開ではなかった。

「それに私でハーレムって、そんなの変でしょう」

「いいじゃないか夢なんだから。皇帝のハーレムに望まれるなんて、滅多にないことだよ」

面白がっているのか、キーカはまるで取り合ってくれない。

ならば常識人のディンに間に入ってもらい、バルトを説得しようと思ったのだが……。

「私のおすすめは、東洋から輸入した薄いナイトドレスです。頭はお団子にするとなお色っぽいかと!」

「わかった、これも記憶する」

「あとはこっちにある下着類もおすすめですよ! 特に黒いレースのビスチェとガーターベルトはターシャさんによく似合うかと!」

服どころか下着まで引っ張り出してくるディンに、ターシャは声すらかけられなかった。

「どうせハーレムを作るなら、もっと綺麗な女性にすればいいのに……」

せっかく綺麗な服を着ても、自分じゃ魅力を引き出せないと思うのだが、ターシャ以外はすっかり乗り気で、もはや嫌とは言えない空気である。

「ターシャ、このドレスもそなたに似合う気がするぞ」

(でもなんだかすっごい喜んでる気がするし、止めるなんて無理ね……)

淡々と服を選んでいるように見えても、きっと彼はターシャのハーレムを心の底から望んでいる。

それが何となくわかってしまうから、拒否の言葉を口にできないのだった。

（なんだろう。いつも通りに夢を見せるだけなのに、妙に緊張する……）

ディンの部屋でさんざん服を観察したあと、ターシャはバルトと共に彼の寝室へと戻ってきた。

手を繋がれたまま寝台に促され、横になるバルトの隣に恐る恐る座り込む。

「じゃあ、あの、始めます……」

もうすでに顔が真っ赤になってしまうが、意を決してターシャはナイフを引き抜く。

「少し待て」

だがそこで、バルトが突然起き上がった。

「それは、やらねばまずいのか？」

バルトが見ているのは、今まさに指を切ろうとしていたナイフの刃だった。

「キーカは手を繋ぐだけだったぞ」

「キーカと違って、私は力の発現が下手なんです。だから血を使わないと、夢に入り込めなくて」

「痛くはないのか？」

「痛いですけど、慣れちゃいました」

言いながら、ターシャは傷だらけの手のひらを見せる。

「それに痕は残ってしまうけど、傷の治りは不思議と早いんです」

「それもルシャの力のひとつか？」

「たぶん。だから、そんなに不自由はないです」

ターシャはそういって笑うが、バルトは傷だらけの手を握ったまま黙り込む。

「陛下？」

「……すまない、少しでも痛まない方法がないかと考えたが思い浮かばなかった」

「気にしないでください。チクッとする程度ですし、ずっとやってきたことですから」

「それでも、そなたの美しい手に傷を残してしまうのは忍びない」

バルトの言葉を聞いていると、なぜだか握られた手が熱を持つ。

今まで、力を使う方法を気にしてくれた人なんていなかった。

血を使うことを気味悪がる人はいたが、痛まないかと心配してくれたのはバルトが初めてだった。

そんな彼を見ていると、恥ずかしがっていたことが申し訳なくなってくる。

「とにかく眠りましょう。服の記憶が鮮明なうちに眠ったほうが、きっと成功します」

だからターシャはバルトの胸をそっと押し、彼を横にする。

そして儀式を終え夢に入り込めば、そこは二人がいたのと同じバルトの寝室だった。

しかし寝台に腰掛けているのはバルトとターシャだけで、他にはまだ誰もいない。

（もしかして、失敗したのかしら）

昨日まで、バルトはろくに望んだ夢を見られなかった。だからいきなりハーレムは難しかったのかもしれない。

「なるほど、確かにガーターベルトというのはいいな」

「へ？」

しみじみと呟くバルトに、ターシャは間の抜けた声で固まる。

嫌な予感を覚えて自分の身体へ視線を向けたターシャは、いつのまにか着ている服が変わっていることに気がついた。

（そうだ、陛下は私に干渉できるんだった……！）

慌てて服を変えようとするが、次の瞬間露になった肩を掴んで引き寄せられる。

近づいた距離にびくりと身体を震わせた瞬間、バルトがターシャの手を取り上げる。

「よかった、夢の中では血が出ていない」

明らかにほっとする顔を見て、ターシャの胸に不思議な疼きが走る。

服を勝手に変えないでほしいと言いたかったのに、優しく手を握られると言葉は何ひとつ出てこなくなる。

「黙っているが、その服は好きではないか？　別のものに変えるか？」

バルトに尋ねられ、ターシャははっと我に返った。

「その、恥ずかしくて……」

「恥ずかしがるな。よく似合っている」

「でもほとんど裸ですし……」

「ならば、この服は別のターシャに着てもらうか」

次の瞬間、バルトの横にガーターベルト姿のターシャがポンと現れる。

下着姿の自分を見られるのは恥ずかしいけれど、下着姿の自分を見るほうがもっと恥ずかしい。それに気づいたが時すでに遅く、さらに三人のターシャがバルトに纏わり付くように現れる。

「成功したな」

「あ、あっさり出ましたね……」

「どうやら余は、ターシャのことなら望めるらしい」

その言葉を証明するように、さらに三人のターシャが現れる。同時に彼女たちの服が見覚えのあるものへと変わった。

どれもこれも、ディンの隠し部屋で見たものだ。

(さ、再現も完璧……)

だからこそ居たたまれないが、今さら消してと言うわけにもいかない。

ならばもう開き直るしかないと思い、ターシャは気合いを入れる。

(これは私じゃない。私に似てる人形だって思って、なるべく見ないようにしよう)

自分に何度もそう言い聞かせると、恥ずかしさは少しだけ薄れる。

「服を見て、何かお身体に変化はありましたか？」

とにかく大事なのはバルトの身体に変化があるかどうかだ。そう割り切って尋ねると、バルトは小さく頷いた。

「身体が、熱い気がする」

「特にどの服が好きとか、わかります？」

「ターシャが着ているとどれもいい」

バルトがそう言った途端、偽物のターシャたちがバルトの身体にぎゅっと抱きつく。

見てはいけないものを見てしまった気分になり、ターシャは慌てて顔を手で覆う。

「すまない、偽物でも触れるのは不快なのだな」

「い、いえ……それで陛下の身体に変化が起きるなら……」

「嫌ではないのか」

「大丈夫です、耐えられます」

「なら、このうちの誰かとキスをしてもいいか？」

「はい!?」

「ディンに言われたのだ。ハーレムが現れたら、以前学んだ男女の触れ合いをしてみろと」

部屋を出るとき、ディンがバルトに何か囁いていたのはターシャも見ていた。だがまさか、そんな入れ知恵をしていたとは思わなかった。

「口づけをし、肌を触り、身体の熱が高まるか確認したい」

「でもあの、偽物とはいえ私……ですよ？」

「ターシャだからよいのだ。今までは女性のどんな姿を見ても何の興味も湧かなかったが、そなたには触れてみたい」

言いながら、すでにガーターベルト姿のターシャにバルトは手を伸ばしていた。

自分だけが特別だと言われたのは嬉しい。しかし一方で、彼が触れようとしているのが自分の偽物であることをターシャはもどかしく思う。

（それは私だけど、私じゃないのに……）

偽物に触れるくらいなら、いっそ自分に触れてくれればいいのにとさえ思った瞬間、突然ターシャの視界がぐにゃりと歪む。

「ああ、そなたの肌は絹のように肌触りがいいな」

直後、遠くにあったはずのバルトの顔が目の前に迫り、晒された腹部に彼の手が重なる。

（っ……!?）

はっとして先ほどまで自分が立っていた場所を見ると、そこにはまったく同じ格好をしたターシャが立っている。

（まさか、入れ替わってる……!?）

それに気づいた瞬間、顎にバルトの指がかかる。背けていた顔を正面に戻された直後、柔らかな温(ぬく)もりが唇に重なった。

「そなたの唇は、柔らかい」

赤い声と熱っぽい吐息がターシャの頬を擽りながら、二度、三度と唇が重なる。

途端に唇から、バルトと触れ合った場所から、得も言われぬ愉悦(ゆえつ)が流れ込んできた。

「……あ……ンッ」

唇が離れても、甘い痺(しび)れが身体を蝕(むしば)み身体を起こすこともできない。

（なに……これ……）

身体に力が入らないほど気持ちよくて、なのにどこかじれったくて、ターシャは身悶(みもだ)えながら甘い吐息をこぼす。

その様子を見た瞬間、バルトは目を僅かに見開いた。

「陛…下……」

自分が本物だと言いたかったのに、言葉を口にする間もなく食らいつくような口づけが降ってくる。

荒々しく抱き寄せられ、驚いたターシャの唇をバルトの舌がこじ開けた。

抵抗せねばと思うのに、触れ合う場所が増えると痺れが強まり、身体に力を入れることができない。

そうしていると肉厚な舌が歯列もこじ開け、ターシャの口内を犯し始めた。

「ふ……ゃあ……」

キスなどしたことがないターシャは呼吸さえままならず、バルトのなすがままだった。

怯える舌を絡め取られ、歯列や上顎をなめられていると思考も表情も甘く蕩けてしまう。

「そうか、余はそなたの蕩ける顔が見たかったのだな……」

息苦しさに喘ぐターシャに気づいたバルトが、そんな言葉と共に唇を放す。愛おしいものを見つめるような眼差しを向けられ頬を撫でられると、大きな手のひらから彼の気持ちと望みが流れ込んでくるのだった。

――彼女を感じさせたい。もっと甘く、乱れる様を見たい。

押し寄せる彼の欲望に、ターシャは自分の身体が甘く書き換えられていくのを感じた。

(夢の力が、私にまで影響してるんだ……)

止めねばと思うのに、今や愉悦は頭の天辺からつま先まで広がっている。

快楽を逃がそうとシーツを摑んでみるが、バルトの腕の中にいるせいか身体が元に戻る気配はなかった。

ならば夢自体を強制的に終わらせようと思ったが、それもできない。周りにいるターシャたちは消すことができたが、ぎゅっと抱き締められたせいで、甘い快楽がターシャを縛り目覚めを遠ざけてしまう。

「ターシャ、余はそなたに欲情しているのかもしれない。だからこの偽物にもっと触れさせてくれ」

偽物は消えてしまったのにバルトはそれに気づいていないようだった。

飢えた獣のような眼差しでターシャを見つめ、食らいつくように再び唇を奪ってくる。

「そして叶うなら、そなたが乱れる様を見せてほしい」

彼の言葉は望みとなり、望みはターシャを甘く変貌させる。

「……あっ、ッ――！」

腰の奥が突然ズクンと疼き、四肢が張り詰め法悦が溢れる。

絶頂手前の快楽が、触れ合いさえないままに弾け、ターシャの思考と理性を淫らなものへと書き換えていく。

「ああそうだ、もっと乱れてくれ」

腕の中にとらわれたターシャの首筋に、バルトが食らいつくように口づける。それだけで先ほどと同様の愉悦が弾け、ターシャは全身を弛緩させた。

「待って、だめ……だ、め……」

「嫌だという顔には見えぬ」

「でも、あッ、おかしく……なる……ッ」

「なればよい。乱れるそなたは美しい」

もっと見たいとバルトが望むと、ターシャの身体はそれを受け入れる。

彼の望みを、夢は淫らな愛撫に変換しているかのようだった。見えない力によって全身を弄られ、熱を高められ、思考さえも甘く溶かしてしまう。

「おかしく……して……」

そして淫らな願いはターシャ自身の願いへと変換される。甘い懇願が口から滑り出て、潤んだ瞳がバルトをとらえた。

その直後、自分はなんてことを言ってしまったのかと我に返るが、一度口からこぼれた甘い懇願はもう止まらない。

「それが、そなたの望みか?」

違うという言葉の代わりに、ターシャの表情がうっとりと蕩ける。

「触って……キスして、おねがい……」

口からこぼれた欲望が、今度は逆にバルトに伝染していくようだった。彼の瞳が虚ろになり、食らいつくように首筋を吸われる。

夢なので痛みはない、ただあるのは得も言われぬ心地よさだけだった。

気がつけばもつれ合うように寝台に横になり、バルトの手がターシャの肌を弄る。下着とガーターベルトは消えなかったが、布の上からでも彼の指使いはしっかりと伝わる。

「あぁ……そこ……」

乳房を強く揉みしだかれ、ターシャの顔が淫らに歪む。

「心地よいのか？」

「はいッ……もっと……もっと……」

強く、激しく触れてほしいと望めば、バルトはそれを汲み取り乳房に指を食い込ませた。同時に、もう片方の手が臀部（でんぶ）へと伸ばされる。柔らかな肉に強く指が食い込むと、それだけで身体が熱くなってくる。

「あっ……ぅん……」

触れ合いによって蕩けたターシャの眼差しに、バルトは満足げな表情を浮かべ唇を重ねてきた。先ほどとは違い、今度はターシャもゆっくりと舌を動かす。つたなさはあるが、先ほどとは違い自分からバルトと舌を絡めた。恥じらいを捨て、嚥下（えんげ）できなかった唾液をこぼしながらの激しいキスはあまりに心地いい。

「よい顔だ、キスは……好きか？」

口づけの合間に尋ねられ、ターシャはコクンと頷いた。

「すき……だから、もっと……」

「欲しいか？」

「欲しい……もっと……」

舌っ足らずな声で望めば、バルトは先ほどより強く舌を吸い上げた。ターシャが乱暴なキスを好んでいると察したのか、激しく舌を絡ませ胸と尻への愛撫も強さを増す。

「ンッ、んん……！」

途端に全身の熱が高まり、絶頂の兆しがターシャを包む。

それをバルトも感じたのか、臀部に触れていた手がゆっくりと前へ回る。しっとりと濡れた布の上を撫でていた指が、ターシャの淫芽を探り当てたのは直後のことだ。

「アッ……ゃああ…」

くちゅりと下着の裏側からはしたない音がこぼれ、蜜口から止めどなく蜜がこぼれる。

これは夢なのに尿意を催したような感覚が溢れ、恥ずかしさが増す。

羞恥心は僅かに残った理性を呼び覚ましたが、悦びに震える身体は元には戻らない。

「待って……そこ、は……」

「待たぬ。触れ合いは、そなたの望みでもあるはずだ」

情欲を帯びた声がターシャを縛り、再び理性を消していく。

「ンッ……これが、のぞ…み……」

「ここが濡れるのは女性が喜ぶ証だと聞いた」

「ふっ…ンッ、つよく…しない…で……」

秘裂への愛撫を強められ、感じすぎたターシャは涙目で訴える。しかし身体のほうは、

むしろもっと触ってと言うように腰をビクビクと浮かせていた。

「素直になれ。余は、そなたが甘え乱れる姿が見たい」

バルトの懇願は、もはや甘い毒だ。瞬く間に心と体に広がり、最後の理性をかき消してターシャを淫らな女に墜としてしまう。

「さあ、本当の望みを口にせよ」

「触って……ほしい……もっと、もっと……」

「どこに触れてほしい」

「濡れているところ……強く……」

気がつけばターシャのほうからバルトの指に腰をこすりつけ始めている。

はしたない動きを恥じることもなく、むしろ悦びにそまった表情を浮かべるターシャにバルトが口づける。

彼は望み通りの強さで、ターシャの陰核を探り当て舐る。途端にターシャの思考は愉悦に蕩け、腰の奥から得体の知れない快楽が膨れ上がる。

「ああっ、もう…私……」

「余の腕の中で、甘く果てよ」

花芽をひときわ強く刺激された直後、ターシャの目の前が白く爆ぜる。

「アッ、あああ……！」

　初めて迎えた絶頂は、あまりに苛烈だった。果てよというバルトの望みを受け、ターシャは淫らに四肢を震わせ喉を反らす。法悦に蕩けた表情は艶やかで、見つめるバルトの眼差しに熱情がよぎる。

「そなたとなら、余は……」

　口づけによって濡れた唇を指でなぞり、バルトがターシャにもう一度口づけようとした。ターシャもそれを受け入れようと口を開けたが、唇が重なる寸前で彼は驚いた様子で動きを止める。

「……待て、ハーレムは……どこだ」

　それからバルトは、慌てた様子で周囲に目を向けた。今さらのように、二人きりで行為に及んでいたことに気づいたのだろう。

「まさかそなたは、本物のターシャか……？」

　質問に、ターシャは最後の力を振り絞って頷く。

　その途端、世界が揺らぎターシャの意識は夢からはじき出された。

「ン……」

　目が覚めると、夢の中と同じように彼女の身体はバルトに抱きかかえられていた。

　意識は先ほどよりはっきりしているが、身体がだるく甘い痺れがまだ残っている。

「すまない、本当にすまない！」

そんなターシャを抱き起こしながら、バルトが悔いるようにこぼす。

「肌を晒すのも、男女の行為も苦手だと言っていたのに余は……」

夢から覚めたのは、彼に理性が戻ったからだと今にして気づく。そしてそれはきっと、ターシャを思ってくれたが故だ。

「……だい、じょうぶです」

「しかしあんな、淫らな触れ合いを……」

「お、思い出すと恥ずかしいけれど、あれは夢ですから……」

それに、夢から覚めた今はわかる。

（たぶん、陛下と触れ合うこと……嫌じゃなかった……）

それどころかたぶん、ターシャ自身も望んでいたのだ。

まさかあんな淫らな触れ合いになるとは予想していなかったが、バルトが偽物のターシャに触れ口づけようとしているとき、自分にしてほしいと彼女は望んでしまった。

その望みが夢を操る力に作用し、偽物と自分を入れ替えてしまったのだろう。

「でもあの、ごめんなさい……」

「なぜ謝る」

「ハーレム、気がつけば消えてしまって……。それどころかはしたない姿を陛下に……」

「見たいと望んだのは余だ。それに偽物のターシャにたくさん囲まれるより、本物のそなたが乱れる姿を見たときのほうが身体も反応した」

　言いながら、バルトはターシャを抱き締め直す。

「だが本当に、気分を害してはいないか？　異性に触れられ、乱れるのは怖かったのではないか？」

　尋ねられると、ようやく消え始めた夢の余韻が再び戻ってくる気がして、ターシャは慌ててバルトの腕から逃れ身体を起こす。

（あっ……）

　身体を起こす際、ターシャは自分の下着がしっとりと濡れていることに気づいた。

　淫夢を見ることで実際に射精をする人を見たことは何度もあったが、自分も同じようになるとは思わず赤面する。

「どうした、具合が悪いのか？」

「い、いえ……ただあの、身体がちょっと……」

「おかしいのか？　医者を呼ぶか？」

「だ、大丈夫です！　夢の影響で、少し熱が残っているだけなので」

　バルトが心配しすぎないようにと、恥ずかしさをこらえて説明する。

「たしかに、身体がいつもと違う」

「陛下もですか？」

「ああ、そうかこれが……」

言いながらバルトが向けた視線の先を追ったところで、ターシャはふと気づく。

(そういえば、さっき何かが太ももに……)

「も、もしかしてあの……」

「僅かだが反応しているようだな」

完全ではないようだが、彼の身体に変化が起きたのは確かなようだ。

それにほっとする一方、改めて彼の身体を見ると恥ずかしさがこみ上げてきてしまう。

(いやでも、よかったと思おう。恥ずかしいけど、陛下のお役に立てたんだから)

少なくとも完全に不能ではないとわかったのだ。このまま淫夢を見ていけば、もっと大きな変化が現れるかもしれない。

「そなたの夢の力は、本当にすごいな」

しみじみと言うバルトに、ターシャは恥じらいながらも笑みをこぼす。

「自分でもちょっと驚いています。こんなに上手くいくとは思っていなかったので」

「これからも、よろしく頼むぞ」

「はい、頑張り――」

言いかけて、ターシャはそこではっと気づく。

(ちょっと待って。さっきの夢で反応したってことは、また私と……)

彼が反応したのはハーレムにではなく、乱れるターシャを見たからだ。

「よ、よろしくというのは、やはり今後も夢の中で……」

「乱れてほしい。余は、乱れるそなたを見ていると身体が反応するのだ」

「わ、私じゃなきゃ……だめですかね……」

「そなたがよいが、嫌だと言うなら我慢する」

珍しく、バルトは躊躇うようにおずおずとターシャに腕を伸ばす。

「男女の行為は嫌なのだろう。なのに触れてしまったことは、反省している」

ターシャの頬に触れようとしながらも、バルトは寸前で指を迷わせる。

「それに夢の中のそなたは、少し様子もおかしかった……。もし余の望みがそうさせたのだとしたら……」

目を伏せるバルトに、ターシャは慌てて伸ばされた手をぎゅっと握りしめた。

「確かに、陛下の望みが私を乱れさせたのだと思います。でもあの、恥ずかしいけど嫌ではなかったので」

「本当か？」

「はい。今だってほら、触られてもぜんぜん平気です」

自分からバルトの手を引き寄せ、頬に指を宛がう。するとバルトの顔に、微(かす)かな笑みが浮かんだ。

「なら余を嫌ったり、怖がったりはしないか？」

「もちろんです」

頷くと、いつものようにバルトがターシャを抱き寄せる。

「我に返ったとき、少し怖かったのだ。欲望に任せて触れたことで、そなたに嫌われたのではと……」

「私が陛下を嫌うなんてありえません」

「信じてよいのだな」

大きく頷くと、バルトがターシャにすり寄った。夢の中とは違い、現実の彼の眼差しと触れ方は甘える子供のようだ。少しくすぐったくて、愛らしくて、自分よりずっと年上の男性なのに可愛いと思ってしまう。

「ならまた、夢の中でそなたに触れてもよいか？」

「それは……」

「嫌なら申せ。そなたを失うくらいなら、他の方法を探す」

彼の言葉に、脳裏をよぎったのは偽物の自分に口づけようとしたバルトの姿だ。

自分がダメなら、彼は偽物のターシャに縋るかもしれない。

（もしくは、別の女性を相手にしようって考えるかも……）

バルトはなぜか、ターシャに嫌われることを極端に恐れているようだ。だとしたら、ここで拒めば二度と触れてくれなくなる気がする。

（どうしよう、それは何だか嫌……）

こうして甘えることさえなくなるかもしれないと思うと、ターシャは寂しさを感じてしまう。

（恥ずかしいけど、触れられるのは嫌じゃなかった。それにあれは夢だもの、実際にするわけじゃないならいいわよね）

言い訳をいくつも重ねて、ターシャは頷く勇気を振り絞る。

「私でよければ、陛下のお役に立ててほしいです」

「本当か？」

「ええ。陛下の身体がよくなるお手伝いをするという言葉に、二言はありません」

ターシャが言った途端、バルトが顔を上げた。

「この身体が反応するのが、そなたでよかった」

そう告げる声はいつになく甘く、普段は感情が乏しい顔に息を呑むほど優しい笑みが浮かぶ。それを見ていると、夢の中で身体を触れられたときのように身体の奥が甘く疼く。同時に正面から顔を見られないほど胸がドキドキして、ターシャは慌てて視線を下げる。

「なぜ顔を背ける」

「へ、陛下がお笑いになったので」

「顔を背けるほど変な笑い方だったのか？」

「その逆です。素敵で、綺麗だったから直視できなくて……」

「綺麗だったのなら、前のように触れてほしい。初めて会ったとき、そなたに触れられてとても嬉しかった」

言うなりターシャの手を持ち上げて、自分の頬に無理やり触らせる。

途端に、先ほどと同様の笑みがバルトの顔に浮かんだ。

「そなたに触れられるのは心地がいい」

「わ、わたしはドキドキします」

「夢の中でもドキドキしたか？」

「そりゃあしますよ。感覚は、現実と同じようにありますし」

「そうなのか？」

バルトが首をかしげるので、ターシャは怪訝に思う。

「先ほども、私に触れたからお身体が反応したのでしょう？」

「いや、そなたの顔を見たからだ。触れて感じたかったが、あまり感覚がなくてな」

そういえば、あの暗くて寒い牢獄にいたときも、バルトは冷たさを感じてはいないようだった。

「そもそも、余は感覚が鈍いのだ。ターシャに触れられたときは別だが、温度や痛みを感じることも少ない」

「もしかして、何かご病気が？」

「いや、どうだろう。子供のときは感じていた気がするが、感情と同じようにいつしか鈍くなっていったな」

唯一感じる痛みでさえ鈍く、味覚もあまりないとバルトは告げる。

「だとしたら、身体が反応しないのはそのせいもあるかもしれませんね」

「なら、それもそなたが治してくれるか？」

「いやでも、私は医者ではないですし……」

「けれどこうしていると、普段より温もりを感じる」

言うなりぎゅっと抱き締められ、ターシャは近づいた距離に焦った。

「夢と同じようにせよとは言わぬ。だが現実でも触れていれば、余の感覚が戻る気がするのだ」

そうすれば夢の感覚も鮮明になり、もっと身体が反応するに違いないとバルトは言う。

「こうして触れるだけだ」

「もうすでに、普通よりずっと距離感は近いですよ」

「……なら、これくらいでもよい」

渋々といった様子で距離を取ると、バルトはターシャと手を繋ぎ直す。触れ合う面積は減ったのに、なぜだか妙にこそばゆい。

「これくらいなら、問題なかろう」

むしろ抱き締められたほうがまだドキドキしない気がしたが、それを告げる勇気はターシャにはなかった。

第三章

　夕刻、宛がわれた部屋のバルコニーから都を眺めていたターシャは、吹き抜ける風から季節の終わりを感じていた。

「冬が来るようだね」

　同様に街を眺めていたキーカが、ポツリとこぼす。

　荒野の中心にあるが帝都のある場所は意外にも標高が高い。故に昼と夜の寒暖差が激しく、季節によってもだいぶ気温が違うようだ。ターシャたちが旅してきた頃は秋だったが昼間はまだひどい暑さだった。しかしこのところは少しずつ気温が下がり夕刻から夜にかけては肌寒さを感じる。

「ここにきてもうすぐ二週間ね……」

　時が経つのはあっという間だけれど、奇妙な生活にはだんだんと慣れ始めていた。

「陛下の様子はどうだい？」

「最初の状況と比べるとだいぶ改善したけど……」

上手く説明できなかったのは、改善するための行為を思い出してしまったからだ。

「ハーレム、効果あっただろ」

「う、うん！」

慌てて頷いたが、最初の夜以来ターシャの偽物は現れていない。

代わりに夢の中で彼の相手をするのはターシャ自身だが、それをキーカやディンには口にできなかった。

(私では陛下の相手に相応しくないし、夢の中とはいえきっと快く思われない)

肌の色も、文化も、生きる場所も違う自分が皇帝であるバルトと肌を合わせるなんて罪深いことだ。

今のところはターシャが一方的に触れられ乱れているだけだが、口づけや抱擁をされるしもはや淫夢と言って差し支えない濃厚な触れ合いだ。

それをバルトは喜んでいるが、きっとディンはよく思わないだろう。

そう思うと、ディンとよく酒を酌み交わしているキーカにも何となく言えず、あくまでもハーレムとディンの用意する特殊な服を使って、バルトの性欲を目覚めさせていることにしている。

ただ彼の感覚の問題は秘密にすべきではないと思い、ディンには打ち明けた。

その点に関しては彼も懸念を抱いていたのか、夜だけでなく時間があるときはバルトとの時間を作ってほしいと言われている。

（もうすぐ昼だし、今日もそろそろ……）

「ターシャ、来たぞ」

ノックもなく部屋の扉を勢いよく開けたのは、いつになく着飾っているバルトだった。

「その格好、どうしたのですか？」

普段は皇帝らしからぬ軽装が多いため、高価な服と装飾品をつけたバルトの姿には息を呑む。

（こうしてると、本当に皇帝なんだな……）

このところ、前にも増して子供のように甘えてくることが多くなったせいか、ついそんなことを思ってしまう。今も装いは立派だが、ターシャの元へ寄ってくる姿は子供どころか飼い主に懐く犬にも見える。

「今日は隣国の特使が来ているので、ちゃんとした服を着ろとディンに言われてな」

「そ、そんなときに、ここに来ていいのですか？」

「よくはない」

「す、すぐにお戻りください！」

「大丈夫だ、僅かな間ならいいとディンには許可をもらっている」

言うなり、バルトはターシャにぎゅっと抱きついてくる。

「今夜は遅くなるからたぶん会えない。だから今のうちに、ターシャの感覚を覚えておきたかった」

キーカの前だというのに、バルトの抱擁に遠慮はない。夢の中で抱き合っていることは秘密にするようにと言ってあるが、この手の触れ合いを遠慮する気配はない。

（むしろ感覚を取り戻すって大義名分ができたせいか、前よりくっついてくる気がする）

そしてターシャも無下にすることができず、バルトの背中に腕を回すとあやすように撫でた。

「どうしても会いたくなったら、遅くてもお呼びください」

「よいのか？」

「この前、私の力がないとあまりよく眠れないと言ってらしたでしょう？」

夢の力を使っているので気づかなかったが、バルトは不眠症の傾向もあるらしい。

今日のように会えないと言われた夜、いつまでもバルトの部屋の明かりがついているのが気になって尋ねたら、ターシャが来る前は日に二時間ほどしか寝ていないと彼が言っていたのだ。

「力を使えばすぐ眠ることができるでしょう？　なんだったら、夢のない熟睡（じゅくすい）をもたらすことも……」

「いや、せっかくなら夢を見たい。余はそなたの乱れる――」

「だ、だめです！　時には夢のない深い眠りも必要です！」

恥ずかしいことを言い出しそうなバルトにターシャが慌てていると、彼も失言に気がついたのだろう。

わざわざ耳元に唇を寄せ、声を小さくする。

「夢のない眠りはいらぬ。そなたと淫らに触れ合う夢が欲しい」

囁き声はひどく甘いものに感じられ、ターシャは真っ赤になって項垂れる。

「そなたがかまわぬなら、遅くても会いに行く」

バルトはそう言ってキーカに見えない角度から首筋にそっと唇を寄せる。

直後、廊下からディンがバルトを呼ぶ声が聞こえ、彼は渋々といった様子でターシャを放した。

「また夜にな」

「ま、また夜に……」

何とか言葉は返せたが、バルトが出て行っても触れ合いの余韻がターシャを酔わせる。

(夢の中で触れられるようになってから、私何だか変かも……)

この一週間、ターシャは夢の中でバルトの手によって毎日乱されている。

夢の中だけでなく、現実でもディンが毎日仕入れてくる新しい服を着せられ、さんざん抱き締められたりもするのだ。

そしてそのあと、夢の中で服のまま愛撫を施されるのが近頃の日課だ。

修道女の格好をさせられたときなどはさすがに罰当たりだと拒んだが、「夢の中では別の服にするからとりあえず着てほしい」なんて言いだすバルトには呆れたりもする。

しかし、彼とのやりとりは不快ではない。それどころか出て行く彼を見送るうちに夜への期待で僅かに身体が火照る始末だ。

そんな自分が恥ずかしくて、ターシャはバルコニーの手すりにもたれかかりながら、乱れた心と身体を落ち着かせる。

「ずいぶん懐かれたねぇ」

そんなターシャの隣に来て、ニヤニヤと笑うのはもちろんキーカだ。

「懐く……まあ、たしかにそんな感じかも……」

「昔っから、あんたは動物や子供に懐かれやすいからね」

「そ、それ、さすがに失礼じゃない？」

「でもあんただって、陛下を見て『子供っぽくて可愛いな〜』とか思ってるんじゃないのかい？」

図星を指され、ターシャは何も言えなくなる。

「でもあれは大人の男だよ」

「わかってるわよ。だからこそ、淫夢を見せて身体を治そうとしているのだし……」

もうすでにキーカはディンからバルトの事情を聞かされたようなので、躊躇うことなく反論する。

夢の中で見せるバルトの顔を見た今は、彼がただの無邪気な男ではないとわかっている。乱れるターシャを見たい望み、淫らな愛撫を施す彼の相貌は飢えた獣のようで、恐ろしいと思うことすらある。

「そこのところを、ちゃんと認識していればいいさ。そうじゃなきゃ、さすがにあの男が可哀想だ」

「可哀想って陛下が？　なぜ？」

「あんたは時々自分に無頓着だからね。そのくせすぐ周りに流されるし誰にでも優しい顔をするから、懐いたほうは大変なのさ」

キーカの言葉の意味がわからず、ターシャは怪訝な顔をする。

それにやれやれと首を竦め、「あんたもいずれわかるよ」と告げる声には呆れた響きが満ちていた。

その夜、バルトがターシャの部屋を訪ねてきたのはかなり夜も更けた頃だった。

てっきり彼の部屋に呼ばれると思っていたので、ノックもなく扉が開いたときはターシャはかなり驚いた。

「わざわざお越しくださらなくても、こちらから出向きましたのに」

「余が来たいから来たのだ。それにディンから、たまには気分を変えろと言われた」

用事を終えてすぐ駆けつけたのか、バルトは昼間と同じ高貴な衣服を身に纏っている。

そして彼は、手に持っていた美しい小箱をターシャにずいと差し出す。

「贈り物を持って訪ねると女性は喜ぶと言われたが、嬉しいか？」

「お、贈り物って私に？」

「他に誰がいる」

キーカは隣の部屋で酒を飲んで騒いでいるだろうと言われ、ターシャはおずおずと箱を受け取る。

「えっとこれは……？」

「宝石だ」

言葉と共にバルトが箱を開けると、中には美しい宝石がぎっしり入っている。

「そなたは、綺麗なものが好きなのだろう？」

「す、好きですがいただけません！」

触るのもおこがましい気がして、ターシャはとっさに箱を閉じてしまった。

彼女の反応が予想外だったのか、バルトがしゅんとする。けれどさすがに、これはもらえない。

「贈り物をしてくださる気持ちは嬉しいですが、こんな高価なものはいただけません」

改めて突き返すと、バルトは宝石箱をしげしげと見つめる。

「この国に来た客は、これですごく喜んだのだが……」

何を間違えたのだろう、と訝しがっているバルトの言葉に、ターシャは僅かな引っかかりを覚える。

「客って、もしや女性の方ですか？　今日はその方と、会っていたのですか？」

「ああ、オフェリウスという国の姫だ。貿易協定について協議する父と大臣になぜかついてきたので、ディンに言われて同じものを渡した」

同じものという単語に、何だか胸がざわつく。元々宝石には興味がなかったが、絶対に欲しくないという気持ちがターシャの中で強くなった。

「他にもよく高貴な女性がやってくるが、皆これを渡すと喜ぶのでターシャも喜んでくれるかと」

「卑しい自分には過ぎたものです」

「ターシャは卑しくない」

「いいえ、私は卑しくて身分も低い女です。宝石の正しい価値もわからないですし、それは別の方に差し上げてください」

いつになく声が強張り、ターシャは思わずバルトから距離を取る。

嫌みな言い方をしてしまった気がしたが、どうしても笑顔で受け取ることはできなかった。それどころかなぜか泣きたいような気分になり、ターシャは自分の感情に戸惑う。

(陛下は私のために贈り物をくれたのに、なぜこんなに悲しい気持ちになるのかしら)

そんなことを考えていると、バルトの手がターシャの肩にそっと置かれる。

「すまない。そなたを不快にさせるつもりはなかった」

鈍いバルトでも、さすがにターシャの戸惑いを察したのだろう。

謝罪の声はいつになく弱々しく、ターシャは慌てて彼を振り返る。

「私こそごめんなさい。陛下のお気持ちは嬉しかったのに、受け取れなくて」

嬉しいからこそ辛いのかもしれない。

ふとそう考えながら、バルトの胸にそっと寄り添う。

申し訳ない気持ちで項垂れていると、バルトがそっと彼女を抱き締める。心地よいけれど、何だか今日は少し彼が遠い気がして落ち着かなかった。

贈り物の件はもちろん、もしかしたらこの服のせいかもしれないとターシャは思う。金細工の装飾やファーのついた高価な装束に触れてはいけない気がして、ターシャはとっさに手を引いた。

（いや、どんな服を着ていても陛下は陛下よね。本来ならこうして触れることさえできない……）

それがわかって手を引いても、まるで磁石に吸い寄せられるように指先はバルトに触れようと泳いでしまう。

無意識に近づこうとする自分に戸惑っていると、不意にバルトがターシャの表情と指先の動きをじっと見つめる。

「……そうか、ターシャは高価なものが好きではないのか」

なにげなく言いながら、ターシャの身体から腕を放したバルトは、服の襟に手をかける。

直後、絹が裂ける音がしたかと思うと、バルトは衣服を無理やり脱ぎ去っていた。高価な装飾が弾き飛び、ファーがちぎれて床に落ちる様を見ながらターシャは唖然とする。

「な、何してるんですか！」

「そなたがいつもより近くに来てくれないのは、この服のせいだろう。だから脱いだ」

脱いだというには乱暴なうえに、気がつけばズボンまで下ろそうとしているバルトを見てターシャは慌ててベルトを押さえる。

「き、気のせいです！　だからどうか、そんな乱暴な脱ぎ方はしないでください！　その服、絶対高いでしょう！」

「でもそなたは高い服は好きではないのだろう。なら、綺麗と言ってくれた肌を晒すほうがよい」

「せ、せめて部屋で脱ぐか着替えてください！」

「いやだ。余は、一刻も早くそなたと触れ合いたい」

だから脱ぐという発想になるバルトに悲鳴を上げていると、いったい何があったのかと隣の部屋からキーカが様子を見に来る。その後ろにはディンもいたところを見ると、また二人で飲んでいたのだろう。

「おや、あんたにも積極的なところがあったんだね」

キーカの言葉が自分に向けられたものだと気づき、ターシャは青ざめる。バルトが服を脱ぐのを止めている形だが、ベルトにしがみつく様は端から見れば逆に脱がせているようにしか見えないのだろう。

「ご、誤解です！」

慌てて手を放すと、今度は人目も気にせずバルトがベルトをゆるめる。油断も隙もないと慌ててもう一度彼に縋りつくと、ディンがそこで吹き出した。

「今日は離れで飲み直しましょうか。ここはお邪魔のようですし」

「いや、あのっ、だから誤解です！　むしろ私は、陛下の服と矜持をお守りしようと！」

「そんなもの守らなくて結構ですよ。むしろ好きなようにお過ごしください。顔には出ていないですが接待で疲れているはずなので、優し～く癒やしてあげてくださいね」

そしてキーカとディンは、肩を組んだまま颯爽と部屋を出て行く。

咎められるどころか後押しまでされてターシャが唖然としている隙に、バルトはついにズボンまで脱いで下着一枚になっていた。

「これでよいか？」

「い、いいわけないでしょう！」

「だがもう、高価なものは何ひとつ身に着けておらぬ」

むしろバルト自身が一番高価なものだと思うのに、裸で抱きついてくる彼の温もりを感じているとはね除けることができない。

それどころか距離を感じていたことさえ、馬鹿らしくなってくる。

「いや、そういえばこの下着も確か高価な絹の……」

「それを脱いだら二度と抱き締めません」

相手が皇帝であることも忘れ、叱るように告げる。そうすると彼は絶対に脱がないと約束してくれた。

「脱がないからこのままベッドに行きたい」

言うが早いかターシャを抱え上げると、彼は寝台に向かう。

「この部屋のベッドは陛下には少し小さいかと」

「よい。むしろ小さいほうが、そなたに近づける」

だから今日はここで眠ると言い出すバルトに困惑したが、結局抱えられたまま横になってしまった。

「陛下、腕を放してくださらないと夢を見せられません」

「まずは温もりを記憶したい。そうすれば、夢の中でもそなたを感じられるだろう」

最近は毎晩そうしているだろうとバルトに言われたが、いつもと違って彼は裸なのだ。そのせいでとても恥ずかしいのだが、彼はもちろん理解しない。

「……服を着ていないぶん、そなたの体温が伝わってくる気がするな」

それどころか、バルトは裸に味を占めそうな勢いだ。

やめさせるべきだろうかと思う一方、窺い見たバルトの表情は今までにないほど幸せそうだった。

「ターシャを感じられて、嬉しい」

言葉も表情も淡々としているが、彼が本当に喜んでいることにターシャは気づいてしまう。出会ってまだ二週間ほどだけれど、毎日こうして抱き締められているうちに、ターシャはバルトの気持ちを読めるようになっていた。

だからこそ、無下にはできない。

それどころか彼が感情を表に出す回数が日に日に増えていることが嬉しくて、もっと喜ばせてあげたいとさえ思ってしまうのだ。

「男女が、裸で抱き合いたくなる意味が少しわかった気がする」

ターシャの首筋をそっと撫でながら、バルトが僅かに目を細めた。

眼差しに僅かな熱情を感じ、ターシャは息を呑む。

彼はターシャに触れたいと、彼女を感じたいと思っている。叶うなら肌と肌を重ねてみたいと願っているのだろう。それを察するだけでなく、彼の望みを叶えたいと思う自分にターシャは戸惑っていた。

(私に触れたら、陛下の身体はよくなるのかしら……)

自分の温もりで何か変化を起こせればと考えていると、纏った衣の留め金に自然と手がかかる。

それを見た途端、バルトが慌てた様子で彼女の手を押さえた。

「そなたの嫌がることは望まぬ」

「でも、そうなさりたいと思っているのでしょう？」

「思ってはいる。だが余は、そなたを不快にさせたくない」

ターシャの顔に頬を寄せ、バルトの声が僅かに強張った。

「先ほどのような顔は、見たくない」

宝石の件を気にしているのだとわかると、ターシャもまた申し訳ない気持ちになる。

（この人は、本当に優しい……）

顔や声には出ていないが、バルトが自分をとても大事にしてくれているのだと改めて気づかされる。

「陛下に肌を晒すのは、不快ではありません」

ゆっくりと身体を起こし、ターシャは纏った衣服をゆっくりと脱ぎ捨てる。バルトも驚いた様子で上半身を起こしたが、彼女の覚悟に気づいたのか止めはしなかった。

下着はそのままにしていようかとも思ったが、それではディンに着せられた服と大差がない。それならばバルトがより温もりと形を記憶できるようにと、ターシャは下着も脱ぎ去りバルトの膝の上に腰を下ろした。

「どうぞ私の温もりを、肌を、記憶してください」

バルトの手のひらを取り、自分の乳房にゆっくりと押し当てる。

夢の中ではもう何度も触れられてきたが、現実ではこれが初めてだった。

「こんなにも、そなたの肌は温かいのか」

「夢の中では、本当に何も感じていなかったのですね」

改めて驚くと、そこでバルトは遠い目をする。

「初めて会ったとき、そなたが余を綺麗だと言い触れてくれたことを覚えているか？　あの瞬間まで、余は長いこと人の温もりを感じることができなかった」

言いながら、バルトの手がゆっくりとターシャの肌を撫でる。

「最初は鈍かったが、日々そなたを抱き締めているうちに感覚もかなり戻ってきている気がする」

「なら今も、感じますか？」

「温かく、艶やかな肌だ。もっと触れていたい」

「なら、お好きなだけ……触れてください」

恥じらいながら促すと、バルトの腕がターシャを包み込む。

抱き合うことで重なる肌の面積が大きくなり、二人はお互いの熱を感じながらもう一度寝台に横たわる。

「……ンッ……」

温もりと感覚を記憶しようと肌を滑るバルトの手は、ひどく優しかった。そのせいで、夢の中で愛撫をされたときのように、ターシャの口から甘い吐息がこぼれてしまう。

慌てて口を手で押さえると、バルトが僅かに目を見開いた。

「くすぐったかったか？」

「は、はい……」

それだけではなかったが、本当のことは口にできない。

（陛下だけじゃない。私も、夢の影響が身体に出ているのかも……）

　夢の中でキスをされたあの夜以来、夢の中でバルトに触れられるたびに下着は蜜で汚れ、ここ数日は倦怠感も強くなっていた。

（このまま続けたら、私はどうなってしまうんだろう……）

　バルトがターシャを記憶しているように、ターシャの身体も日々バルトを記憶している。

だからきっと、今夜の夢は今までのものよりもっと苛烈になる予感がする。

　それを恐ろしく思う一方で、ターシャは優しい愛撫だけではもう満足できない。

「ターシャ、そなたを抱きたい」

　まるでターシャの望みを察したかのように、バルトが彼女の手を握る。

「夢を見せてくれ」

　懇願と共に二人の指が自然と絡む。

　次の瞬間、まだ指を切っていないのにターシャの意識が闇に深く沈んだ。

「そなたが欲しい」

　耳元でこぼれたバルトの声にはっと目を開けると、そこは先ほどと同じ部屋だった。でも彼の声には、現実ではありえない情欲がこもっている。

（これは、夢……？　指を切らなくても、夢の力を使えたの？）

　だとしたら喜ばしいことだが、確かめる余裕はなかった。

「余を見ろ」

周囲を探ろうとしたターシャの顎を摑み、バルトは自分のほうへと向けさせるなり荒々しい口づけをする。

普段は温厚なバルトだが、夢の中でターシャに触れるときはとても激しい。

「……ぁぅ、んっ……」

ターシャが僅かに戸惑っている隙に歯列をこじ開けた舌が、ターシャの舌をとらえた。くちゅくちゅと音がするほど激しく舌と舌を絡ませているうちに、ターシャの心にバルトの望みが流れ込んでくる。

――ターシャを感じたい。

――愛撫で激しく乱したい。

――口づけで蕩けさせたい。

バルトの望みは、いつになく強かった。

そしてそれはそのままターシャの望みになる。

「陛下……私を……」

キスの合間にこぼれる声は、もうすでに甘く蕩けきっている。その声に、バルトが僅かに顔をしかめた。

――名前を、余の……俺の名前を呼んでほしい。

流れ込んできた望みは、ターシャには少し意外なものだった。

――ここでは、バルトと呼んでほしい。

口づけが遠ざかり、バルトがゆっくりと顔を引く。向けられた顔には息を呑むほどの色香が浮かんでいるのに、ターシャを見つめる眼差しの奥にはほんの少し寂しげな色があった。

――名前を呼んで、好きだと言ってほしい。

他の望みと違い、最後に感じた望みは、芽生えた瞬間に消え失せる。代わりに嫌いにならないでほしいという別の望みも感じたが、それもまたターシャに流れ込む間もなく霧散した。

だからこそ、今の望みが彼にとって特別な願いなのだとターシャにはわかってしまう。

「バルト……」

ターシャは優しく名前を呼ぶと、少し乱れた彼の髪に指を差し入れた。そのまま優しく髪を梳きながら、彼女は微笑む。

「名前を呼ばれるだけなのに、胸の奥が苦しくなるほど嬉しい」

「陛下と呼ばれるより、こちらのほうが気に入りましたか？」

「気に入った。でも叶うなら……」

先ほどと同じように「好きだと言ってほしい」という願いが流れ込みかけて、やはりまた消えてしまう。

「いや、よい。余の欲しい言葉は、夢の力で無理やり言わせていいものではなかった」

欲望に素直なバルトでも、その言葉が特別だと知っているのだろう。知っているからこそ、無理に言わせないようにと気遣う彼がいじましくて、ターシャはバルトの額に自分の額をそっと押し当てる。

「大丈夫です。ちゃんと、あなたのことが好きですから」

今、口にした言葉は、言わされたのではなくターシャ自身の心からこぼれた言葉だった。

「……もう一度、もう一度言ってくれ」

縋るように抱き締められ、ターシャはそっとバルトの耳元に口を寄せる。

「好きです……。バルトのことが、大好きです」

現実では決して言えない、言ってはいけない言葉だとわかっていた。でもどうしても、言わずにはいられなかった。

そして言葉にして、ターシャはようやく気づく。

(彼の望みを叶えたいと思うのは、どうしようもなく彼が好きだからだ……)

「頼む、もう一度……」

「あなたが……バルトが好きです」

「ならばそなたが欲しい。そなたの全てが、余は欲しい」

いつもは肌に触れるだけだった行為、今日からは別の何かに変わる予感をターシャは覚える。バルトの声はいつになく焦がれ、抱き締める力は強い。

　けれどそれを嫌だと思ったり、恐ろしく感じることはなかった。

(私も、バルトに全てを捧げたい)

　胸に抱いたターシャの望みは、瞬く間にバルトの夢と溶け合っていく。

　気がつけば彼もまた裸になり、二人は寝台の上で手足を絡ませながら口づけを始めた。

　荒々しく、けれど互いへの気遣いを滲ませながら二人は唇と温もりを重ねていく。

「……そなたは、こんなにも温かく優しいのか……」

　温もりを覚えたことで、二人の触れ合いはいつもとまるで違った。ターシャのほうも、今まで以上にバルトを感じ、彼の手が肌を撫でるだけで快楽を覚えてしまう。

「なら……ッ、もっと……」

「触れてほしいのか?」

「はい、バルトの手で……お願い……」

　はしたなくねだると、バルトの手がターシャの乳房へと重なった。現実ではそっと添えられるばかりだったが、夢の中では違う。

　バルトの太い指が肌に食い込むと、ターシャの乳房は弾力を増し頂きを赤く熟れさせた。

　立ち上がった頂きに気づいたのか、バルトの唇が硬く尖った乳首へと寄せられる。

「……くぁ、ッ……」

敏感になった乳首を吸われると、それだけでターシャの胸からは甘い痺れが駆け抜ける。

そのまま食らいつくように頂きを食まれ、口腔にすっぽりと包まれた先端にバルトの舌が愛撫をしかける。

「胸……、ゃ……すごい……」

右の胸を唇で、左の胸を大きな手のひらで愛撫され、ターシャはもうすでに達してしまいそうだった。

あまりの心地よさに目を潤ませ、嬌声と吐息をこぼす口元は淫らに濡れて、彼女は普段のしとやかさが嘘のように乱れる。はしたないと引かれるかと思ったが、ターシャをチラリと窺うバルトの視線は満足げだった。

それが嬉しくて、もっと自分を見てほしくて、ターシャは彼の髪に指を差し入れる。

「ばる、と……バルト……」

名を呼ぶと、それに応えるように彼が優しく乳房に歯を立てた。

夢なので痛みもないし傷もつかない。けれど彼に食らいつかれると、ターシャは未だかつてない充足感を覚える。

バルトが自分に夢中になってくれるのが嬉しかった。

欲しいと思ってくれるのが幸せだった。

（もっと、もっと私に夢中になって……）

ターシャの思いが伝わったのか、乳房への愛撫が激しくなりより強く胸を吸われる。

「……ああっ、ん……！」

それだけで、ターシャは軽く達し悦びに全身を震わせた。蕩けきった顔には艶やかな笑みが浮かび、彼女の蜜口はしとどに濡れる。

快楽に堕ち始めたターシャに気づいたバルトが、彼女の乳房から唇を放した。力の抜けたターシャの身体を抱えると、膝を立たせながらその間に身体を滑り込ませる。

「はぁ、ンッ！」

直後、指とは違う何かがターシャの蜜口を拭った。指ではないことだけはわかるが、いつもより感覚が鈍くて、それが何だかわからない。

恐る恐る下腹部に目をやったターシャは、そこで小さく首をかしげているバルトに気がついた。

「甘そうに見えたが、味はしないな」

言いながら、唇を舌でなめているバルトの口元は妖しく濡れていた。それが自分のこぼした蜜であることに気づくと、さすがに恥ずかしさを感じる。

「そ、そんなところを……なめるなんて……」

「そういう行為もあると、本には書いてあったぞ」

「でも、汚いです……」

「これは夢だ。それに現実でも、そなたの蜜は汚くなどない」

言いながら、ターシャの脚をバルトがそっと撫でる。

「だから今度、味を確かめたい」

バルトの願いを叶えたいと思う気持ちはあるが、それが現実に及ぶと思うと僅かに身が竦む。

(現実でなんて、許されるのかしら……)

願いを形にできる夢の中でなら、ターシャは彼への愛情を口にし身体を差し出せる。でも同じことを現実でしてはならない気がした。

二人が抱き合うことを快く思わない人はきっといる。そんな考えが、バルトと重なっていた気持ちを引き離し、ターシャの身体を少しずつ冷めさせる。

「嫌なら、別にかまわぬ。確かめる方法なら、他にもたくさんある」

ターシャが怯えていると勘違いしたのか、バルトが身体の位置を戻し彼女をぎゅっと抱き締め直した。

けれど彼の言葉が、ターシャの心を深く突き刺す。

(他の方法って、もしかして私以外の女性と、するってこと……?)

それ以外の方法など、もちろんありはしない。それに気づいた途端、彼の願いと自分の願いは同じものではなかったのだと、ターシャは気づく。

好きだと言ってほしいと彼は願った。

でも彼が求める愛情は、男女のものではないのだ。何となくそんな予感はしていたが、突きつけられるとやはり切ない。

(陛下が私に執着しているのは、私の手で温もりを感じたから……ただそれだけなんだわ)

好きだと言ってほしいのはたぶん、「嫌わないでほしい」という気持ちの裏返しにすぎないのだろう。

好意はあるが、きっとバルトにはターシャが抱くのと同じだけの愛情はない。

そして愛情がなくても情欲に溺れることができると、淫夢の魔女として数々の夢を見てきたターシャは知っている。人間にではなく、それこそ動物や物にまで欲情し、異常な行為を望む者も中にはいたのだ。

だからきっと、バルトにとって自分はそれらと同じ。初めて温もりを感じた女だから執着しているだけで、ターシャ自身に特別な価値などきっとない。

(なんで、そのことにもっと早く気づかなかったんだろう)

よりにもよって好きと口にしてしまったその後で――、自分の想いを自覚したその後で、現実を知らされるなんてあんまりだ。

「……ターシャ?」

泣きそうに歪んだターシャに気づいたのか、バルトが心配そうに顔を覗き込んでくる。

「気分でも悪いのか？　余が、何かしたか？」

尋ねられ、ターシャは首を横に振る。

彼に自分と同じだけの好意はないのだと改めて突きつけられた今、泣きそうになっている理由を知られたくはなかった。

「何でもありません」

「しかし、こんなにも辛そうなそなたを見たのは初めてだ」

「本当に、何も……」

「何でもないという顔ではない。苦しく、悲しいことがあるなら教えてくれ」

ターシャを助けたいというように、バルトが優しく抱き締めてくれる。でもそれが、今はとても苦しい。

「陛下は、時々とても残酷ですね」

優しくて、素直だからこそ、彼の言葉はターシャの心を切り裂くのだ。

「余が、残酷な男に見えたのか？」

一方バルトも、ターシャの言葉に傷つけられたように、胸を押さえる。

「余は、そなたを傷つけたのか？」

肯定も否定もできず、ターシャはバルトを見つめる。

　悲しみに染まるバルトの顔を見て、ターシャは嘘でも否定すべきだと察した。けれどその言葉は、低く悍ましい声にかき消される。

『そうだ、お前は余に似て残酷で非情な男だ』

　突然、バルトによく似た声が二人の背後に響いた。

　けれど彼のものとは違い、声はひどく冷たかった。

『そうなるべく生まれ、そうなるように育てたことを、お前は忘れたのか？』

　声が言葉を重ねるたび、周りの景色が闇に溶けていく。

（これは、なに……？）

　夢はバルトの望みを反映するもののはずだ。なのに彼とは別の声が、意志が、世界を書き換えていくのを感じる。

『お前は余になるべきだった。いやもう、すでになっている。だから不要なものは、壊してしまえ』

　声と共に、真っ黒い腕のようなものがターシャの身体に巻き付く。直後、背後にあったはずの寝台が消え、どこまでも続く闇の中にターシャの身体は落ちていく。

「ターシャ！」

　闇に呑まれようとしていたターシャの腕を摑んだのはバルトだった。直後、彼は先ほど着ていたのと同じ皇帝の服を纏い、その手に剣を出現させる。

『そうだ、その剣で女を殺せ』

響いた声に抗うように、バルトは手にした剣でターシャに巻き付く腕を切り裂いた。

そして彼は自由になったターシャを抱き締めると、苦しそうに顔を歪める。

「頼む……あの海に……連れて行ってくれ」

懇願に、ターシャはバルトをきつく抱き締めながら、以前彼と夢に見た海を思い描いた。

前回と違い、景色はところどころ歪んでしまったが、二人はもつれ合うように、砂浜に倒れ込む。

あの声はもう聞こえなかった。そして歪んだ意志も、今は感じない。

「……バルト！」

けれどターシャを抱き締めたまま伏せている彼の身体は、先ほどターシャを摑んだ影と同じ、真っ黒な闇に染まり始める。

最初の変化は腕だった。けれどそれは少しずつバルトの全身を蝕み、美しい顔の半分がドロドロとした闇に覆われてしまう。

「……無事、か？」

苦しげな声で、なおもバルトはターシャを気遣う。それに頷きながら、ターシャは闇を払おうとバルトの頬を撫でた。

「……無駄だ。穢れは、もう落ちぬ」

悲しそうに笑って、バルトはゆっくりとターシャから手を放す。

「どうして余は忘れていたんだろうな……」

「忘れていたって何をですか？　それにこれはいったい……」

「……余の本当の姿だ。余はそなたに、触れてはならなかった……」

そこで再び景色が歪み、美しい海が真っ黒く濁り始める。

（ここにいてはダメだ。ここは、彼をおかしくさせてしまう……）

とっさに悟り、ターシャは闇に穢れたバルトの腕をきつく掴んだ。

夢を終わらせたいと願ったが、なぜだか今は上手くいかない。それどころか終わらせようと思うたび、頭が痛み胸まで苦しくなってくる。

「だめだ、手を……手を放せ」

「絶対に嫌です……！」

この夢の中にいてはいけない。バルトを目覚めさせなければならない。

ただそれだけを思い、ターシャは最後の力を振り絞ってバルトと共に夢から浮上する。

「ターシャ！」

バルトの叫び声に、ターシャははっと目を開けた。

そこは彼女に宛がわれた寝室で、顔を覗き込んでくるバルトの顔もいつも通りだった。

（戻ってこられた……）

でもターシャだけは夢の中の痛みを引きずっていた。頭痛がひどく、声をこぼすことさえできない。

「……ターシャ、血が……！」

そして気がつけば、彼女の片方の鼻から血がこぼれている。

彼女の異変に気づき、バルトは医者を呼ぶと言って部屋を飛び出した。それを見送る余裕もなく、ターシャの意識は再び闇の中へと落ち始めた。

第四章

『お前は本当に、私によく似ている』

　ぞくりとするほど冷たい声に、ターシャは思わず顔を上げた。

　目が覚めたはずなのに、彼女はまだ不気味な夢に囚(とら)われていた。

（なんだろう、ここすごく気持ちが悪い……）

　バルトはもうここにはいない。でも目の前には彼にそっくりな男が立っている。

（これは陛下の夢……？）

　悪夢との繋がりは断ち、彼と共に目覚めたはずだったが、そこはあの恐ろしい夢と繋がっているような気がする。

　新しい悪夢は、ひどく冷たくて暗い部屋から始まった。そんな場所にターシャは覚えがない。ということはやはり、ここは自分の夢ではないのだろう。

もしかしたらバルトと、身体と共に欲望を重ねすぎたせいで、彼の夢の残り香がターシャの意識を蝕んでいるのかもしれない。

そしてその残り香はひどく不気味で、薄気味の悪いものだった。

『でもまだだ、まだ足りない。だからもっと、余に近づけねば』

バルトに似た男が眺めているのは、寝台に寝かされた若い青年だった。目隠しをされているので顔はよく見えないが、虚ろなうめき声が口からはこぼれている。

そんな彼にバルトに似た男は薬を飲ませ、寝台の支柱に繋がれた縄で彼の四肢を拘束する。そうされる間も青年は抵抗せず、時折不自然に身体を痙攣させるだけだった。

『お前も、余になりたいだろう？』

四肢を拘束した後、バルトに似た男が不気味に笑った。似ていても別人だと、卑しい笑みを見たターシャは思う。

『返事はどうした。お前の望みは何だ、言ってみろ』

『俺の……望み……』

『そうだ。お前が唯一持つことを許された望みだ』

青年の頬を優しく撫でながらも、男の目には底知れぬ狂気が満ちている。

『さあ希えバルト……、余がお前の望みを叶えてやる』

直後、男は笑みを深めながら、鉄でできた棍棒をゆっくりと持ち上げる。その先端に骨を砕くための重しがついていることにターシャが気づいた瞬間、男は容赦なくそれを青年の脚に向かって振り下ろした。

　激しい悲鳴がこだまし、ターシャは恐怖のあまり耳を塞いだ。

（……お願い、やめて！）

　突然目の当たりにした非道な行いに、ターシャは目を閉じながらその場にしゃがみ込む。

（この夢を消して!!）

　ターシャの願いが叶ったのか、悲鳴は消えた。けれどあまりの恐怖に、身体の震えは止まらない。

（あの人、バルトって呼んだ……。なら、あの青年は……）

　恐怖と戸惑いに震えていると、今度は違うほうからまたあの冷たい声がする。聞きたくないと耳を塞いだが、声はどんどん大きくなっていく。

『あと少しだ、あと少しでお前は余になる』

　恐る恐る声のしたほうに顔を向けると、血まみれで倒れる青年の側にやはりあの男が立っている。その顔にはうっとりとした笑みが浮かんでいたが、その目はどこか虚ろで恐ろしかった。

　男はまた青年を傷つけるつもりなのだと察し、ターシャは悲鳴を上げる。

【あんたまで夢に囚われるんじゃない、起きな！】

直後、聞き覚えのある声がターシャの意識をとらえた。同時に、しわがれた手がターシャの腕を摑んで引き上げる。

（この声、キーカ……？）

【無理やり力を切るんだよ、ターシャ！】

叱り飛ばすキーカの声が悪夢を終わらせ、目覚めをもたらす。

恐怖から逃れるように勢いよく身体を起こすと、ようやく彼女は完全に眠りから覚めた。

「まったく心配させるんじゃないよ！」

そんな言葉と共に、ターシャを抱き締めたのはやはりキーカだ。どこかやつれた顔に驚いていると、見慣れた顔がもうひとつターシャを覗き込む。

「お加減はどうですか？」

尋ねてきたのはディンだった、キーカ同様にどこか疲れた顔をしている彼に、ターシャのほうが心配そうな視線を向けてしまう。

「私は大丈夫です。それより陛下は……」

夢は消えたが、妙な胸騒ぎがしてターシャは尋ねる。するとディンが、苦しげに視線を下げた。

「あなたの様子がおかしいと私たちを呼んだあと、急に倒れて目覚めないんです」

「まさか、ずっと……？」

「驚いてるが、あんただってずっと眠ってたんだ。倒れてから今日で丸一日だよ」

「じゃあまさか、あの夢は陛下の……」

「夢？」

　怪訝な顔をするディンに、ターシャは夢の中でバルトがおかしくなったことを話す。そうすることで二人が身体を重ねていることも知られてしまうが、今はなりふりかまっている場合ではなかった。

「それに一度目覚めた後も、陛下に関する悪夢を見て……」

　ターシャの言葉に、ディンはうつむき押し黙る。彼を悪夢から救えなかったことを責められるかと思ったが、顔を上げたディンは怒るどころか希望を見たような顔をする。

「夢……そうか、あの状態は悪夢を見ている状態なのか……」

　言うなり、ディンはターシャに手を差し出す。

「体調が悪いところ申し訳ございません。どうか、バルトのところまで一緒に来ていただけますか？」

「でも、こんな私でお役に立てますか……？」

　むしろバルトが目覚めないのは、自分の夢のせいかもしれないとターシャは思う。だとしたら逆に状況を悪化させてしまうのではと心配になったが、ディンは何か確信があるような顔でターシャの手を摑んだ。

「きっかけはあなたの夢かもしれませんが、元々バルトは時折原因不明の昏睡状態に陥ることがあるんです」

「昏睡状態って……、まさか陛下には、なにかご病気があるのですか？」

「病気なのかさえわかりません。ただ突然倒れ、眠ったまま延々うなされていて……」

ひどいときは一週間ほど寝込むのだと言われ、ターシャは先ほど見た悪夢を思い出す。

（もしかしたらあれは、今陛下が見ている夢だったのかも）

自分だけが夢に取り残されてしまったのかと思ったが、彼もまた夢から醒め切っていなかったのかもしれない。

（だとしたら、あの青年はやっぱり……）

「とにかく一度、彼を起こせないか試してもらえますか？　意識のないときのバルトは、本当に辛そうなんです」

ディンの言葉に頷いて、ターシャは彼の手を取りふらつきながらも寝台を降りた。


ディンに手を引かれて連れてこられたのは、いつもの寝室ではなかった。

宮殿の地下にあるそこは、牢屋を改装したという薄暗い部屋だった。

「この部屋のほうが落ち着くからと、具合が悪いときはいつもこちらに寝かせるんです」

そういって案内された部屋は、バルトが夢の中で「落ち着く」と言っていた独房に似ていた。しかし最低限の調度品と暖房器具は備え付けられ、バルトが寝かされた寝台は立派なものではある。

（なに、これ……）

しかし立派な寝台に不釣り合いな拘束具が、支柱には取り付けられている。それは夢の中の光景を思い出させ、ターシャはぞっとした。

「それは、もしもの時用です。彼は時折、眠りながらひどく暴れるので」

「暴れるって、押さえつけねばならないほどですか？」

「ええ。その上自分を傷つけようとするんです。先ほども、舌を噛み、目を抉ろうとしたので手錠と猿轡だけはつけています」

ディンの言葉を聞きながらそっと寝台に近づくと、夢で見た青年とよく似た格好で彼は寝台に横たえられていた。

目隠しは自分の目を抉ろうとする指を防ぐためのようだが、あまりに痛々しい。

目を背けたくなったが、それよりもバルトを助けたい一心で、ターシャは寝台に膝をつき彼の手を握った。

眠った状態の夢に入るのは初めてなので、上手くいくのかとターシャは不安になる。だが目覚めてほしいと願いながら手を握ると、それだけで効果は現れていた。

「……ン、……ぐッ」

静かに眠っていたバルトが急に身悶え、苦しそうに身をよじらせる。何か言いたげにしている気がしたターシャは、彼の猿轡を慌てて外した。

「……シャ、……ターシャ」

虚ろな声で呼んでいたのは、ターシャの名前だった。

助けを呼ぶような声が、彼がまだ悪夢に囚われていることを教える。

(でもだめだ、一度完全に起きてしまったせいか、夢の中には入れない……)

それでも何とか目覚めさせようと、ターシャはバルトに身を寄せ彼の手をきつく握り締める。

「陛下、私はここにおります。あなたのお側におります」

だからこちらに戻ってきてと願いながら、夢の中でするように目覚めよとバルトの意識に訴えかける。

(お願いバルト、戻ってきて……)

彼が呼んでほしいといった名前を、心の中で何度も呼びかける。

そうしているとバルトの身体が一際大きく痙攣し、次の瞬間ぐったりと寝台に頽(くずお)れた。

「陛下！」

苦しげな表情すら浮かべなくなったバルトを見て、ターシャは慌てて彼の頬に手を添える。彼の手がゆっくりと持ちあがり、頬に添えたターシャの手をぎゅっと握り締めた。

「……なぜ、そなたが、見え…ない…」

こぼれた声は先ほどよりはっきりしていて、彼が目覚めたのだとようやくわかる。

「バルト、私の声が聞こえますか？」

バルトの目覚めを察し、側にやってきたのはディンだ。彼の言葉にバルトが小さく頷く。

「……聞こえるが、余は……ディンの声よりターシャの声が聞きたい」

彼らしい訴えに、ターシャは苦笑しながら安堵する。ディンに至っては脱力してしまったらしく、寝台に腕をつきながらしゃがみ込んでいた。

「さんざん心配をかけておきながら、その言い草はないでしょう」

「ディンはもういい……、ターシャに、しゃべってほしい……」

なおも訴えるバルトに呆れたのか、声をかけてくださいとディンの視線が訴える。

「お加減はどうですか？」

優しく囁くと、バルトがゆっくりと身体を起こす。

「それは余の台詞だ……」

バルトはターシャの身体を探すように腕を伸ばした。自分を抱き締めたいのだとわかり、ターシャは彼の腕の中に身を寄せる。

ディンやキーカがいる前なので少し迷ったが、今はバルトを安心させたかった。

「この目の布も、とってもいいか？」

言うやいなや布を外しそうなバルトに、ダメですと強く叱ったのはディンだった。

「眠っている間にまた指を入れて、眼球が傷ついてるんです。しばらくは、そのままにしておいてください」

「もしやまた、余は何日も眠っていたのか？」

今さら気づいたという様子に、ターシャは「その通りです」と彼に教えた。

「あなたはひどい夢に囚われていたんです」

「夢……？」

「もしや、覚えていないのですか？」

コクンと頷き、バルトは何かを確かめるようにターシャの身体を撫でる。

「夢の中で、そなたと肌を重ねた記憶の後はよく覚えてない」

「そこで見た悪夢のことも？」

「……わからぬ。だが目覚めたらそなたが血を流していて、慌ててキーカとディンを呼びに走った」

言いながら、バルトが不安げな指先でターシャの頬を撫でる。

「そなたのほうこそ大丈夫なのか？　様子が普通ではなかったが」

尋ねられるが、ターシャのほうもその辺りの記憶が曖昧(あいまい)だ。故に答えられず困っていると、キーカがターシャの頭に手を置いた。

「今はもう問題ないよ。この子が倒れたのは、力を使いすぎたせいさ」

「本当か？」

「ターシャ、あんた指を切らずに夢の力を使えるようになったんだろ？　それに他にも、前よりできることが増えているはずだ」

　キーカの言葉に、ターシャは慌てて頷く。

「確かに、自分が望む夢を陛下に見せることも時々できるの」

「たぶんあんたの力は日に日に強まってるんだよ。でもそれに身体がついていかず、倒れたんだ」

　でも大丈夫だと、キーカは励ますように言ってくれる。

「あたしも若い頃はよく同じように倒れたよ。でも力を使ううちに身体がそれについてくるようになる」

「ならば、ターシャは大丈夫なのだな？」

「ただし、数日はちょっと休んだほうがいいね。だから淫らなことは、現実でやりな」

「ちょ、ちょっとキーカ！」

　慌てるターシャを見て、キーカは呆れたような顔をする。

「言っとくけど、さっきの話を聞くよりずっと前から、夢の中であれこれしてるのは知ってるよ」

「えっ……？」

ターシャがぽかんとすると、そこでキーカがディンに目を向ける。

「あたしたちにはバレバレだったよ」

「私たちどころか、使用人もみんな知ってますよ。明らかに距離感がおかしいですし」

「じゃ、じゃあなんで……」

「叱らなかったのかって？」

ターシャの言葉を先読みしながら、ディンが微笑む。

「あなたが思っている以上にバルトは女性に興味がない。いや、女性どころか人間に興味がないんです。ここで下手にあなたから引き離したら、それこそ二度と性欲に目覚めないかもしれない」

「でも、私は……」

「その辺りの話は、二人きりでしましょう。バルトを一度医者に診せたいですし」

「……二人きりは、だめだ」

そんなとき、バルトがターシャを抱く腕に力を込める。

「わかりました。じゃあキーカさんと三人にします」

「絶対三人だぞ」

「ふふっ、この朴念仁がついに嫉妬を覚えるなんて奇跡ですね」

どこか嬉しそうな声だが、一瞬だけディンの顔に不安そうな影がよぎった気がした。

だが彼はすぐにそれを消すと、すぐさま医者を呼ぶ。

「……診察が終わったら、また戻ってきてくれるか？」

医者と入れ替わりにターシャがバルトの側を離れようとすると、彼がもう一度彼女を抱き締める。

普段なら慌てるところだけれど、彼の声に滲む不安の色に気づいたターシャは、自分からもそっと腕を回す。

「ちゃんと診察を受けたら、戻ります」

「わかった」

途端にバルトは腕を放し、医者に近づくよう指示を出した。

「いやはや、もうすっかりバルトの扱いが板についてきましたね」

部屋を出て、上の階にあるターシャの寝室に戻るなり、ディンがにこやかな顔でそう言った。

「それは、よいことなんでしょうか……」

バルトとの行為を知られていたとわかっても、本当にディンがそれを快く思っているのか不安で、つい言葉が濁る。

ターシャの不安を察したのか、ディンは座りましょうと促した後、いつになく真面目な顔をターシャに向けた。

「あなたも不安でしょうからはっきりさせておきます。バルトと触れ合うことも男女の関係になることも私は止めません。むしろ、そうしていただきたいくらいだ」

「それは夢の中での話ですよね？」

「いえ、現実でもかまいません。彼の身体が反応するようになるには、たぶんあなたの存在が必要ですから」

力だけでなく、ターシャ自身が必要だとディンは思っているらしい。けれどそこで、ディンの表情が僅かに曇る。

「ただしそれは……」

「今だけ――、そうおっしゃりたいのですね」

ターシャだって馬鹿ではない。彼が何を警戒しているかくらいはわかる。

「バルトは皇帝です。いずれ然るべき女性と結婚し、その女性と子を成してもらいたい」

言葉にされると胸は痛んだが、動揺はあまりなかった。

（それはちゃんとわかってる……）

「正直に申し上げると私は最初から、バルトとターシャさんが心を通わせると、何となくわかっていました。そしてわかっていて、利用したんです」

申し訳ないと、重ねる声は誠実だった。

だからターシャは怒りも湧かない。その資格はないと納得するくらい、自分とバルトの間が隔たっているのは理解している。

「バルトは、まさしく子供なんです。子供だからこそ今はあなたに夢中ですが、彼の好意も恋もまた幼い」

「それは、何となくわかります。陛下はたぶん、ひな鳥が生まれて初めて見たものを親と思うように、私に懐いているだけのような気がします」

「まさしくその通りだと思います。でもそこに、大きな問題があるんです」

言葉を切り、ディンは僅かに声を抑えた。

「本題はここからです。バルトの意思や考えが幼い理由を、あなたにはお話ししておきたい」

ディンの表情がいつになく暗くなり、ターシャは不安を覚える。

「あたしは、出て行ったほうがいいかい？」

その様子に珍しくキーカが気を遣ったが、ディンは首を横に振った。

「いえ、あなたにも知っておいていただきたい。もう一度バルトの未来を見ていただくとき、重要な指針になるかもしれないので」

言いながら、そこでディンは懐から一枚の写真を取り出す。

「これはバルトですか？」

「いえ、我々の父であり前皇帝『ゲルト』です」

「こりゃ、似てるってどころじゃないね」

キーカが驚くのも無理はない。ちょうど今のバルトの年齢と同じ頃に撮ったのか、親子はあまりに似すぎていた。

そしてその顔に、ターシャは悪夢を思い出し吐き気を覚える。

「私、この人を夢で見ました……」

「バルトの夢に入ったときですか？」

「はい。若い青年を縛って、彼にひどいことをしようと……」

「たぶんその青年がバルトです。彼は、父から虐待と洗脳を受けていたんです」

ここからは辛い話になりますと一呼吸置いてから、ディンは苦しげな声で言葉を続ける。

そして彼が語ったのは、父ゲルトのバルトに対する過剰すぎる期待と愛情についての話だった。いや、もはやそれは愛情とは言えないものだった。

「正直、父はさほど有能な男ではありませんでいた。皇帝の器ではなく、浪費癖も激しく政治に疎い。お陰で属州では不満が爆発し、反乱が何度も起きていた」

そんなゲルトに、人々は冷たい目を向けこう言ったのだ。

『ゲルトは愚かすぎて、歴史に名も残らない無能な皇帝』だと。

　そんなとき、ゲルトは自分にあまりに似た有能な息子バルトに気がついた。そしてそこに、彼は理想の自分を見たのだ。

「父はバルトを完璧な皇帝にしようと思っていたんだと思います。同時に父は息子を自分の写しにしたかった」

「写し……？」

「まさしく、そっくり同じ人間にしようとしていたんですよ。自分とまったく同じ存在が偉大な皇帝になれば、自分の姿を、名を、永遠に残せると考えた」

「そんなの、ありえない……」

「ありえないです。でも父だけはありえると思い込んでいた」

　ディンの言葉に、ターシャは悪夢の出来事を思い出す。バルトに向かって、自分になれと彼は繰り返していた。バルトにも、そう望むように語りかけていた。

「振る舞いも、考えも、身体のつくりさえも同じにしようとしたんです。バルトの脚が悪いのも、父が自らの手で……」

「だとしたら、あれはただの悪夢じゃなくて過去……？」

「かもしれません」

　棍棒を振り下ろそうとしていたのは、確かバルトが悪くしていたほうの脚だった。それを思い出すと、ぞっとするほどの寒気が押し寄せてくる。

「父は脚が悪く、歩き方も少し変わっていた。それを覚えさせるために、あの男は息子の脚を壊した」

脚だけでなく、自分の身体にある傷と同じものをバルトにつけたのだとディンは言う。

「異常でしょう。でもそれが、私たちの父だった」

そしてバルトを皇帝にするために、反対する家臣はもちろんディン以外の息子たちさえも殺めたのだと教えられたターシャは、あまりの残虐さに震えてしまう。

「狂ってる……」

「ええ。でも誰も止められなかった、そしてその結果、バルトは完全に壊れてしまった。感情が乏しく、肉体の感覚さえ鈍いのも、虐待と洗脳による心の傷が原因だと医者は言っていました」

「それほどまでに、ひどい目に遭わされたなんて……」

「父は薬や催眠術まで用いて、バルトの人格を破壊し自分と同じ考えを持つように仕向けたのです。そのせいで、優しかった弟の心は一度完全に破壊されてしまった……」

だが幸か不幸か、バルトはゲルトのようにはならなかった。

それを嘆いた父の手によって彼は監獄に幽閉されたお陰で、内乱の際に助け出して味方につけることができたのだとディンは苦しげに吐き出した。

「しかし、父に洗脳されていたときの記憶がバルトにはあまりありません。記憶というか、そのときの感情がないと言ったほうが正しいでしょうか」

父が自分にしたことは何となく覚えているようだが、それも曖昧で思い出しても何も感じないのだとバルトは言っているらしい。

「でも父のようになりたくないという気持ちはあるらしく、ゲルトに似ていると言われるのを彼は極端に恐れます。それが行き過ぎて、彼は一度自分の顔に傷までつけました」

「じゃあ、陛下の目の傷は……」

「バルトはかつて、自分を助けた私に報いるためにと反乱軍に参加しました。そのとき、ある兵士が『皇帝と同じ顔の男は仲間に相応しくない』と言ったら、躊躇うことなく自分の顔をナイフで切り裂いて……」

慌てて止めたが、『この顔に執着はない。むしろ父と同じ目の色が疎ましかったから抉らせてほしい』と、何食わぬ顔で言ったのだとディンはこぼす。

あの顔の傷にはそんな理由があったのかと、今さら知ったターシャは胸を痛める。

「……だとしたら、あの悪夢を見たのは私のせいなのかもしれません」

「悪夢とは、妙な声が聞こえたというものですか？」

「あのとき私、陛下の言葉に傷ついてしまって、彼に『あなたは残酷だ』と言ってしまいました……」

夢の様子がおかしくなったのはその直後だと言うと、ディンはため息をこぼす。

「確かに、残酷や冷酷という言葉に彼は過剰に反応することがあります。父親がそう呼ばれていたのを思い出し、無意識のうちに父親と自分が似てきているのではと、不安になるのでしょう」

昏睡状態に陥るのも、そうした罵倒を受けた直後が多いとディンは告げた。

「だとしたら、きっと今回は私のせいです……」

「いいえ、彼がおかしくなる可能性を知っていながら、注意を促さなかったのは私のミスです。あなたたちが心を通わせることで、すれ違いや仲違いが起こる可能性は考慮していたのですが……」

そこで言葉を切り、ディンは口惜しそうに項垂れる。

そんな彼を見かね、励ますように肩を叩いたのはキーカだった。

「それだけの事情だ。簡単に話せないのは当たり前だよ」

そしてキーカは、ターシャにも優しい目を向ける。

「あんたも、自分を責めるのはおやめ。きっかけは作ったかもしれないが、あんたは悪夢に落ちた陛下をちゃんと起こしてやっただろう」

「そうですね、普段なら一週間は寝込むバルトをターシャさんはまるで何事もなかったかのように元気にしてくれました」

起きるなりターシャ、ターシャとうるさいバルトを思い出したのか、ディンはそこで笑顔を取り戻す。

「あなたといるバルトを見ると、彼が小さかった頃を思い出します。当時、彼がくっついていたのは私でしたが」

「昔から、仲が良かったんですね」

「父がクズだった反動からか、ハーレムの女たちは意外にも結束が固かったんです。だから子供同士も仲が良くて、特に年が近かった私とバルトはいつも一緒でした」

懐かしそうに目を細め、それから彼は寂しげに笑う。

「動物と音楽が好きで、ハーレムの女たちが父に暴力を振るわれ泣いていると、得意の歌で慰(なぐさ)めるような優しい子だったんです。でもすぐに父に目をつけられ、バルトは優しい彼のまま生きることを許されなかった」

そして長い間、彼はずっと歪な父に育てられたのだろう。

「でもターシャさんと出会ったことで、彼は失った感情と少年時代を取り戻そうとしているような気がするんです」

「だとしたら、私が側にいることにも意味はありますか？」

「多いにあります。二人が仲を深めればきっとバルトは救われる。だからこそ、あなたには酷(こく)なことを強(し)いますが」

詫(わ)びながらも、一方で彼はターシャに過度な期待はするなと言っている気がした。

「気にしないでください。今の話を聞いたら、色々と腑に落ちましたから」

感情を失い、記憶さえ曖昧なのだとしたら比喩ではなく、本当に彼の心は子供に近いのだろう。

でも子供は、いつか大人になる。

無邪気な愛情は一時のものだと悟り、バルトはいずれ本当の愛を求め特別な存在を見つけるのかもしれない。

(でもそれを悲しむのはやめよう。バルトが向けてくれる愛情を、永遠のものだと錯覚してもいいことなんてきっとない)

それでも、彼が願うかぎりターシャはバルトに愛情を注いであげたいと思うのだ。

「陛下が望むなら、私は彼のお側にいたいです」

「今だけだとしても？」

「かまいません」

躊躇いもなく、ターシャは頷いた。

一度は彼を傷つけ悪夢を見せてしまったが、その悪夢を払えるのも自分だけなのだとしたら、迷う理由はない。

(陛下が、もう二度と過去と悪夢に囚われないようにしたい。そしていつか、愛する人と、幸せな未来を摑んでほしい)

そう思えるくらい、ターシャの中でバルトは特別だった。

「バルトが初めて興味を持った女性が、あなたのような優しい方でよかった」

ディンの言葉に、ターシャは褒めすぎだと笑う。そうしていると、控えめなノックの音がした。

「申し訳ございません。診察が終わるなり、ターシャ様に会いたいと陛下が騒いでおりまして……」

寝台を出るなと言う医者の命令も破りそうですと困り果てた顔で入ってきたのは、執事のクレイドスだ。

「なら、ご様子を見てきますね」

立ち上がると、ターシャはメイドと共にすぐさま部屋を出て行く。その足取りに、もはや躊躇いはなかった。


一方部屋に残されたディンは、そこでキーカのほうを見つめていた。

「あなたは、なにか言いたいことはないんですか？」

「なにかって？」

「あなたのお孫さんに、私は背負うべきではない責任と役目を押しつけているんですよ」

ディンは言うが、キーカはいつもの調子を崩すことはなかった。

「あんたが、そういうことを気にするタイプだったとは思わなかったよ」

意地悪く笑うと、キーカはターシャが出て行った扉を見つめる。

「あたしが止めたって、あの子は陛下の役に立ちたいって言う子だよ。昔から、自分より他人のことばっかり優先する子でね」

「本当にあなたが育てた子ですか？」

うっかり失礼な発言をしても、キーカは豪快に笑うだけだった。

「反面教師さ。それにルシャにはこんな言い伝えがある。『風に身を任せ、流れるルシャは物や場所に執着しない。かわりにたったひとつ、見つけた恋人に人生を捧ぐ』ってね」

「その相手がバルトだと？」

「難儀な男を好きになっちまったもんさ。でも一度落ちた恋から、ルシャは這い上がれない。叶わぬ恋なら叶わぬ恋だと認めて、それでも恋を抱えて生きるのがルシャなのさ」

ならばターシャはこれからもバルトに、献身的に身を捧げるだろう。

それにほっとしながら、彼女が願うなら愛人の席くらいは用意しておこうと考えたところで、ディンは我に返る。

（恋心を利用したあげく、見返りにそんなものを与えようなどと思うとは、俺もろくな人間じゃあない）

　どうせなら自分を後継者に選んでおいたほうが、父に似た皇帝が誕生したかもしれないのにと、ディンは思う。

（そうしたらバルトは、不幸になどならずにすんだのに）

　後悔に苛まれながら、ディンは項垂れる。

「難儀なのは、あんたのほうも同じだね」

　ディンを見つめながらキーカがこぼした言葉は優しかったが、後悔に囚われたディンの耳には届いていなかった。

「ターシャ、そなたか？」

　扉を開けるなり、嬉々とした声がターシャを出迎える。

　それに苦笑しながら入ったのは先ほどと同じ部屋だったが、今は部屋の明かりも増え、冷たい雰囲気は消えていた。

「はい、戻ってまいりました」

　見れば、バルトの目の布はとれ、傷つけてしまったという左目にだけ包帯が巻き直されていた。

「側に来てくれ。その距離ではそなたの顔が見えない」

自分のほうへと伸ばされた手に、ターシャは慌てて彼に近づく。寝台に上がり、バルトの横に膝をつきながら手を握ると、彼の顔に安堵の笑みが浮かぶ。

「もう、平気か？」

ターシャが倒れたことをまだ心配しているのか、抱き寄せられ探るように身体を撫でられる。

「はい、私はもうすっかり元気です」

「しかし無理はするな、そなたがいなくなるのは困る」

ターシャの髪に頬を寄せながら、バルトがこぼした声はひどく苦しそうだった。

あのときの彼は今とは違い、自分からターシャの側を去ろうとしているようだった。

「余はそなたと、離れたくないようだ」

ポツリとこぼれた声に、ターシャは夢の中で見た闇に覆われたバルトの姿を思い出す。

（あれはたぶん、父親と自分を重ねてしまったからよね……）

あの瞬間、彼はきっと父親にされたことをはっきりと思い出してしまったのだろう。それが夢と自分の姿を歪めたに違いない。

悪夢のことも自分のことも今はまだ忘れているようだが、彼の中にはきっと自分を卑しいと思う気持ちが残っている。そう思うと胸が痛くなり、ターシャは優しくバルトを抱き締めた。

「陛下が望まれるかぎり、私はお側におります」

「本当か？」

「もちろんです」

「一生側にいろと言っても、いるのか？」

少し前なら躊躇ったであろうその質問にも、ターシャは笑顔で頷いた。

「陛下がそう望むのでしたら」

答えた途端、抱擁がより強まった。さすがに強すぎると焦り、ターシャは苦しいですと慌て出す。

「すまぬ。そなたがあまりに嬉しいことを言うので、我を忘れた」

「そんなに喜ぶことですか」

「自分でもこんなに嬉しくなるとは思わず、戸惑っている」

言いながら、バルトはターシャの頭にグリグリと頬を押しつけてくる。感情表現が犬っぽいのも戸惑っている証だろうかと思いながら、ターシャは宥めるようにバルトの頭を撫でた。

「喜んでくださったのなら、よかったです」

もうすっかりいつも通りの彼に戻っていると感じ、ターシャもまたいつものようにすり寄ってくるバルトを撫でる。

「しかし困った。しばらく夢はだめだと言われたのに、今すぐにでもそなたを抱きたい」

とはいえ、いつも通りすぎるバルトには、さすがに少し困る。

「起きたばかりですし、お身体に触りますよ」

あんなことの後なのに、バルトは夢を恐れている様子はない。

逆にそれが、ターシャは心配なくらいだった。

「あの、夢のことは本当に何も覚えていないのですか？」

「何もではない。そなたの蜜を味わいたいと思ったことは覚えている」

「そ、そこまではあるのですね」

悪夢のことを覚えていないのはいいことだが、改めて言われるとさすがに恥ずかしい。

けれどそれはまだ序の口だった。

「そうだ、そなたの蜜の味を教えてほしい」

いきなり何を言い出すのかと狼狽えているると、そこで控えめなノックの音が響く。

離れるべきかと思ったが、バルトは腕を放さぬまま入室の許可を出す。

「陛下、先ほどおっしゃっていたものをご用意しました」

そう言って入ってきたのは、茶器といくつもの瓶の載った盆を手にしたクレイドスだった。彼はベッドの横にあるテーブルに盆を置くと、そそくさと部屋を出て行く。

「ちょうどいいタイミングだな」

「あの、これは……？」

「言っただろう、教えてほしいと」

「いや、え、……ん？」

バルトの発言を理解できるようになったつもりだったが、どうやらまだまだらしい。

「これはお茶……ですよね」

「お茶は頼んでいないが」

「でもお茶と、あとこれは……」

バルトの腕からそっと逃れ、クレイドスが持ってきた瓶を取り上げる。

「何か、シロップのようなものが」

「そちらが頼んだものだ。宮殿にある、蜂蜜（はちみつ）を全て持ってこいと」

バルトの言葉に、ターシャは彼の思惑にようやく気づく。

「陛下、まさかあの……」

「あと花の蜜や樹液から採取したシロップも用意させた。あれも蜜のようなものだろう」

「待ってください、じゃあさっき別の方法で確かめるって言ったのは……」

「直（じか）に味見ができないのなら、似た味のものを教えてほしい」

真剣な眼差しに、ターシャは自分の勘違いが恥ずかしくなる。

「私はてっきり、他の女性を呼んで確認するのかと……」

「余が知りたいのはそなたの蜜の味だが」

「み、蜜は蜜でも、こういう蜜ではないのです」

味もたぶん違いますと言いながら、無邪気すぎる発想に少し頭が痛くなる。

(こういうところ、本当の子供のようね……)

肌に触れ、夢の中でターシャの蜜口に口づけていた男とは思えない。

でもそこを愛おしいとターシャは思ってしまうし、改めて彼に悪夢の記憶がないことにほっとした。もしあれば、こんなに間抜けなやりとりをする余裕などないだろう。

「では、蜜をなめても確認できないのか？」

「……はい」

「しかし余は、そなた以外の女の蜜などなめたくはない」

その上バルトは、ターシャの懸念をあっという間に砕いてくれる。

「この手で触れ、舌で記憶したいと思うのはそなたの身体だけだ」

その気持ちは、きっと今だけのものだろうと、ターシャは心の中で寂しく思う。

彼の心が悲惨な過去から解き放たれ、年相応のものになればきっと、自分の発言がいかに愚かだったかを知るだろう。

流れ者のルシャに執着したことを、いずれ苦い思い出にする日も来るかもしれない。

（でも今は……、今だけは私が陛下の特別な相手だって思いたい）

それを実感し、ターシャはそっとバルトの唇を指で撫でる。

「でしたら、あの、直に確認してください」

ターシャの返事が予想外だったのか、バルトは蜜の入った瓶をポトリと落とす。

「しかし、よいのか？」

「陛下となら、かまいません」

目が見えぬバルトに代わって、ターシャは自分から彼の唇を奪う。

思えばこれが、現実でする初めてのキスだった。夢の中でもう何度もしたはずなのに、重なった唇は思っていた以上に柔らかく心地がよかった。

「……そなたと、本当はずっとこうしたかった」

唇が離れると、バルトがどこか苦しげな声で言う。

彼もまた無邪気なようでいて、最低限の線引きをしていたのかもしれない。

そう思ったのは、バルトの表情がどこか悲しそうに見えたからだ。

「たった一度なのに、そなたに溺れてしまいそうだ」

「なら溺れてください。私も、陛下に溺れたい」

夢と違って、望みは言葉にせねば伝わらない。それがわかっていたから、ターシャはもう一度自分からバルトと唇を重ねる。

その途端、彼の舌が荒々しくターシャの唇に割り入った。

それを止めることもなく、自分を求めて蠢（うごめ）くバルトの舌に自分から舌を絡める。舌先がこすれただけで甘美な愉悦が芽生え、ターシャはうっとりと目を閉じた。

一方バルトは苦しげな吐息をこぼしながら、顔の角度を変え、何度も何度も唇を吸い舌で口腔（こうこう）を犯していく。

「これが、そなたとの口づけか……」

ターシャを知ろうとするように、肉厚な舌が彼女の中を弄る。もう何度となく夢の中ではそうされてきたけれど、現実の口づけは想像以上に甘くて身体が切なくなる。

「あ……息、が……ッ」

「すまない。つい、夢の中のようにがっついてしまった……」

「いえ、苦しいけど……嬉しいです」

長い口づけでぐったりした身体を、ターシャはバルトに預ける。

彼女を支える身体は逞しい。それをいつもより近くに感じていると、バルトがそっと首筋に唇を重ねる。

「ッ、そこ…は……」

「首は、ダメか？」

問いかけに、ターシャは頭を振る。

「そこ、弱い…みたいで…」

「知っている。夢の中でここを舐ると、ターシャはすぐ蕩ける」

どことなく嬉しそうな声と共に、首筋をバルトの舌がなめ上げた。

夢の中では撫でられたような感覚しかなかったけれど、現実でそうされるとざらりとした舌触りが、ターシャの心と身体をざわめかせる。

(私も、ぜんぜんわかってなかった……)

夢の中で乱れ、幾度となくバルトの熱に溺れてきたけれど、感覚はやはり擬似的なものだったのだろう。現実の触れ合いはもっと生々しくて、より甘美で、じれったい。

(でも心地いいのは、一緒……)

夢の中ほど急激ではないが、バルトの舌によって目覚めた官能は全身に広がり、ゆっくりとターシャを蝕み始める。

「今宵は、ターシャの全てを味わいたい」

首筋にチュッと優しい口づけを施した後、顔を上げたバルトの目は好奇心と欲望に輝いていた。

拒む理由などなく、ターシャは衣服に手をかける。しかし待てなくなったのか、途中からはバルトに手を伸ばされ、荒々しく裸に剝かれてしまった。

「いつ見ても、綺麗だ」

言葉と指先が、晒された肌を甘く撫でていく。そこに口づけも加わると、それだけでターシャの蜜がじわりとこぼれ出すのがわかった。

「陛下……もう……」

「濡れているのか？」

おずおずと頷くと、バルトはそこでもう一度首筋を吸い上げる。

「だがもう少しだけ、唇でそなたを味わってもよいか？」

言葉と共に強く肌を吸い上げられると僅かな痛みが走る。

「ンっ……痕がついちゃいます……」

「痕？」

不思議そうな声を出したあと、バルトが僅かに身を引く。今し方口づけを施した部分に触れ、しげしげとそこを見つめる眼差しにターシャは頬を染めた。

「そ、そんなにじっと見つられると、さすがに照れます」

「すまない。ただ、何というか不思議な気持ちがして」

「不思議な気持ち？」

「そなたを傷つけてはいけないと思っていたのに、肌についた痕から目を逸らせない」

少し困ったような声に、ターシャはそっと彼に口づけられたところに触れる。

「これは傷ではありません。愛情を残すために、口づけによって痕を残すのはよくあることです」

「そうなのか？」

「はい。ただ私は肌が黒いので、はっきりとは見えないですよね……」

　自分の肌を疎ましく思ったことはなかったが、今だけは帝国の民が持つ肌が少し羨ましい。そうしたら、もっと赤くて綺麗な痕が残っただろう。

「そのような顔をするな。今だって十分綺麗に見えている」

　言いながら、今度は鎖骨の辺りにバルトは唇を寄せる。

「これが愛情の証だというなら、そなたにもっと刻みつけたい」

「それは、かまいませんけど……」

　本当に自分でいいのかという言葉が出かけたが、それよりも早くバルトの唇が強く肌を吸う。

「あ、くッ……」

「強すぎたか？」

　返事をするとはしたない声がこぼれてしまいそうで、ターシャはただ首を横に振る。

（すこし痛いけど、むしろ……）

「きもちい……です……」

「なら今度は、乳房だ」

唇をゆっくりと滑らせ、バルトは右の乳房の上にさらなる痕を散らす。

それだけでは物足りなかったのか、手でぐっと持ち上げた左の乳房にもバルトは舌と唇を這わせた。

「そ、…ッそんなに、たくさん……」

「まだ、たりぬ」

「……あぅ、でも…あんまり、されると……」

「心地よいのか？」

頷くのは躊躇ったけれど、バルトの証がひとつまたひとつと刻まれるたび、ターシャの腰はびくんと跳ね、愛液がとろりとこぼれ始める。

「そなたは現実でも可愛らしい反応をするな」

「だって……」

肌を撫でる手つきは優しく、口づけもまた痛みを伴いながらもひどく甘いのだ。

甘いのは触れ合いだけではない。痕を増やすたびに細められる眼差しも、ターシャを窺う視線も、欲望に濡れているが同じくらい甘い。

(この人は、こんな顔もするのね……)

バルトの顔を見れば、そこに愛情があるとすぐにわかる。子供のように幼いものかもしれないが、ターシャの肌に触れる手つきも表情も大人の色香に溢れており、それが彼女の心をざわつかせる。

突然相手が年上だと意識してしまい、向けられた欲望と彼の気持ちは永遠のものだと錯覚しかける。

「そなたが好きだ」

そして彼は、声に愛おしさを滲ませながら告げた。

とても嬉しいのに、どうして今なのかとターシャは辛くなる。

熱を帯びた表情を向けられながら言われると、心はそれを上手く流せない。一時の感情だと言い聞かせることもできない。

「誰よりも、愛している」

騎士が忠誠を誓うように、バルトはターシャの手を取った。

力の証である痣が刻まれた手の甲を見つめたあと、彼はそこに愛の証を刻む。

他の場所よりも強く刻まれた痕は、ターシャの心にも甘い傷をつける。

「そなたが倒れたとき、ようやくそれに気づいた。だからどうか、余の……俺の側にずっといてくれ」

唇を放し、切なげな声で懇願するバルトが愛おしくて、ターシャはひとつ嘘をつく。

「はい。ずっと……お側におります」

偽り(いつわ)りの約束を交わしながら手を引き、ターシャは彼がつけた痕の上にそっと口づけを落とす。

「なら、もう遠慮はせぬ」

縋るようにターシャの身体を抱き締め、バルトは彼女の全身に愛の証を付け始めた。

「く、あっ……」

細いうなじに、くびれた美しい腹部に、柔らかな太ももに、次々と痕をつけられるたび、ターシャは喜びにさえずる。

時折じれったいほど優しい愛撫を混ぜながら、背中やふくらはぎにまでバルトは愛の証を刻んでいく。

「最後は、ここだ」

口づけだけで達しかけていたターシャの身体を、バルトはゆっくりと開かせた。

立たせた膝の間に身体を倒し、彼が最後にたどり着いたのは淫らな蜜をこぼすターシャの花弁だ。

唇より先に、肉厚な舌がこぼれる蜜へとたどり着く。

「あぁ…ッああ……」

濡れる襞を肉厚な舌がなめ上げると、ターシャは黒い髪を振り乱しながら愉悦に喘ぐ。

夢の中では何度も触れられ、達してきたけれど、現実での刺激はそれとは比べものにならなかった。

「甘い……、それによい香りだ」

「んっ、……本当…に……？」

「ああ。確かにこれは、普通の蜜とは違う」

「くぅっ……そ、そんなに深く……なめない、で……」

「嫌だ。もっと、味わいたい」

食らいつくようにターシャの秘裂に唇を寄せ、ぐじゅっと音がするほど強く吸われる。

「あぁぅ、だめ……ッ！」

他の場所にされたキスとはまるで違う、暴力的な快楽がもたらされ、ターシャの身体が慄く。全身の肌が粟立ち、気がつけば絶頂の兆しが目の前にある。あと一度、軽く口づけられただけで達してしまうと悟り、ターシャはバルトを退けようと彼の頭に手を伸ばす。

「……ぅあ……、やぁ……」

「そなたの嫌は、言葉通りではないだろう」

容赦はしないと、上目遣いにターシャの表情を窺う眼差しが告げていた。

そして次の瞬間、バルトの舌がターシャの待ち望む場所を強く抉った。

「ぁッ、あああっ――！」

蜜に濡れた花芽をぐっと刺激され、ターシャはついに現実でも絶頂を迎えた。

法悦によって思考が焼け落ち、彼女の身体は淫らに震え、バルトの口腔にさらなる蜜をこぼす。

バルトはそれを獣のようにすすり、蕩けた襞の中にぐっと舌を差し入れる。

達してもなお狭い入り口を、丹念になめ上げ押し開き、バルトは執拗なまでにターシャの蜜を味わっていた。

「あ……っ、んッ……もう……」

終わりのない口づけに、ターシャはビクビクと身体を震わせながら喘ぐ。

バルトが自分の味を、濡れた花の奥を確かめようと舌を蠢かせているのを感じた。

宣言通り、彼はターシャの全てを覚え込むまで彼女を放す気はないらしい。

ようやく意識が戻ってきたが、その頃にはもうすっかりターシャの入り口はバルトの舌を受け入れていて、先ほどとは別の痺れが腰の奥から広がり始める。

二度目の絶頂も間もなくだろうと思うと、快楽に弱い自分が泣きたくなるほど恥ずかしくなる。

しかし一方で、バルトが自分に夢中になっているのは嬉しかった。

「今夜は朝まで……そなたを味わいたい」

口づけの合間にこぼれた願いを、たぶん自分は叶えてしまう。

そんな予感を抱きながらもターシャは躊躇いを捨て去り、バルトを求めるように彼の頭をそっと撫でたのだった……。

第五章

「それでは、最後の議題に移る」

定例議会の最後、いつになく真剣な顔でバルトが腕を組む。

その様子にディンが「またか」と呆れた直後、真面目だった場は何とも言えぬ微笑ましい雰囲気に包まれた。

「最後の議題は『意中の女性を喜ばせる贈り物について』だ」

途端に、他の議題ではつまらなそうにしていた者も含め、すさまじい勢いで発言を求める手が上がる。

(このやりとり、もはやすっかり定着してしまったな……)

バルトがターシャに夢中であるのが議員たちにまでバレて以来、議会の終わりに二人の進展を確認するのは通例になった。

この鉄面皮が果たして女を落とせるのかと、最初はそんな興味からだったのだろう。しかしターシャと出会って以来、バルトはまるで別人だ。

普通の人ほどではないが、自分の考えや感情が表に出るようになってきたし、近頃では「それは惚気か」と突っ込みたくなるような発言も増えている。

その様子は、端的に言えば微笑ましかった。むしろ微笑ましすぎて、東州の豪傑と呼ばれる齢六十歳の議員フリードまでもが「ターシャちゃんとは上手くやっているかね」と毎日ディンに聞いてくる始末である。

唯一の老年議員がその有様なので、若い議員たちは予想以上にバルトの恋路に食いつき根掘り葉掘り状況を聞きたがった。

そしてそれがいつしか「最後の議題」という形になり、最近はバルトから議員たちに意見を求める機会も増えている。

（いやまあ、楽しそうだからいいんですけど……）

ターシャに会いたいあまり仕事に効率を求めだしたバルトのお陰で、今日も決めるべきことは全て決まっている。

だから別に何を話そうがいいのだが、下手に盛り上げすぎてバルトが妙な期待を抱くのではという点は心配だ。

ここにいる議員たちは反乱軍の重鎮であり、バルトを御旗に掲げた者たちでもある。バルトと前皇帝の関係も知っているし、その同情が恋への後押しにもなっているのだろう。

だから身内のように世話を焼きたくなるのだろうが、国は彼らだけの手によって動いているわけではない。政を決めるのは議員だが、国を支えるのは多額の税を納めている貴族たちも同じだ。

その中には皇帝としてのバルトに過剰な期待を抱き、跡継ぎを望む声も多い。彼らは血統を重んじる傾向にあり、王の妃にルシャを据えると言えば反発は免れない。

そして反発はバルトへの批判となり、批判は彼の暗い過去を刺激する。父同様民から信頼を得られなくなれば、彼の心は傷つきまた倒れかねなかった。

(倒れるだけならいい、もし過去を思い出し、そこから抜け出せなくなったら……)

そんな不安ばかりを抱えているうちに、気がつけば議題は全て終了したらしい。

「では、ターシャへの贈り物は、皆の意見を尊重し『下着』とする」

意気揚々と部屋を出て行ってしまったバルトに、ディンは頭を抱えたまま動けない。

(絶対からかわれているのに、なぜ気づかない……!)

いや、気づかないのがバルトなのだ。あれはそういう男だったと呆れ果てていると、他の議員たちも「明日が楽しみだな」と楽しげに部屋を出て行く。

「ディンは、最後の議題にはいつも口をはさまないのね」

そんなとき声をかけてきたのは、議員の中でも一番若い女侯爵ヒルデガルドだった。

まだ十七歳ながら議員に選出されたのは、彼女こそ帝国の商業を取り仕切るギルドを運営する侯爵家の跡取りだからだ。若いわりに建設的で常に冷静な彼女の言葉をディンは評価するが、彼女と彼の実家はクーデターには参加していないため、メンバーの一部はあまり快く思っていない。

「あなただって、あまり発言しないでしょう。最初にターシャさんの話題を出したときは、真っ先に指摘したくせに」

「あれは純粋な興味からよ。それに何も言わないのは私の発言権が弱いからであって、あなたと違って議題を楽しんでるわ。ターシャさんに贈るプレゼントも、うちの商会からいくつか渡したし」

「いつのまに……」

「表で渡したら賄賂だ何だと言われるでしょ？　でもほら、うちの議員たちは揃いも揃って女心がわかってないから」

「わかってないというか、ふざけてるんですよ」

「そう？　今日もわりと真剣な議論の末『下着』になった気がしたけど」

それはそれでどうなのかと呆れていると、ヒルデガルドはくすりと笑った。

「もっと積極的に参加してあげないと、陛下が振られてしまうわよ？」

「大丈夫ですよ、二人ともお互いに夢中ですから」

「そう、だったらあなたの懸念はそこなのね」

すまし顔で言うヒルデガルドを見て、聞かせるべき言葉ではなかったと思う。

ディンは彼女を評価しているが、信頼しているわけではない。それが顔に出ていたのか、ヒルデガルドはどこか寂しげに笑った。

「私は純粋に、陛下の今後を心配しているだけよ？　それにあの議題、楽しいし」

「そう言いつつ、内心では呆れているのでは？」

「男たちの発言には時々呆れるけど、それさえ楽しいもの」

年のわりに大人びた笑みを浮かべ、ヒルデガルドは人のいなくなった評議席を見渡す。

「昔は、皇帝に意見をしただけで多くの人が死んだのよ。それに今も、話し合いのほとんどは前皇帝が残した負債や問題の解決ばかりで、皆いつも暗い顔をしている」

でも……と、振り返ったヒルデガルドは、年相応の笑顔をディンに向けた。

「最近はみんな明るくて楽しい。それってたぶん、重要なことなのよ」

「不真面目なだけでは？」

「一から十まで真面目だなんてつまらないわ」

「まるで子供のような発言だ」

「私はまだ子供よ。だから陛下と同じように、ここに椅子を用意されたんだもの」

ヒルデガルドの言葉に、ディンは返す言葉がない。

ギルドを営み貴族でもある彼女は、商人たちや他の貴族たちとのパイプ役でありクッション役だ。いるだけで彼らに政治への参加権があると思わせ、その実バルトのように大きな発言権は与えていない。

それをヒルデガルドは承知の上で参加している。だからバルトのように、最低限の発言しかしないのだ。

（この子は頭がいいし、馬鹿な喧嘩に加わることもない。本来なら場を取り仕切る議長に最適なんだが……）

それはたぶん許されない。それが口惜しいと、ディンは初めて思った。

「とにかくあなたは、もう少し陛下に寄り添ってあげるべきよ。下着をあげるのも、やめさせてあげて」

「なんで私がそんな面倒を……」

「だってあなた、服選びは得意でしょ？」

そこでニヤリと笑われ、ディンは小さく息を呑む。

「……あなた、なんで……」

「あなたがこっそり通っているお店、うちの商会の店だもの」

「……まさか、そのネタで脅すつもりですか」

「そうよ。だから死ぬ気で陛下を止めて。プレゼントが下着とか、女子的に幻滅だから」

言うなり菓子らしきものが入った小箱をディンに押しつけると、最後はじゃあねと可愛らしく手を振って、ヒルデガルドは評議室を出て行く。

(あくそ、なんて面倒な……)

もっと脅すべきだろうかと思ったが、「幻滅だ」と告げた声は妙に真剣で、バルトとターシャのことを思っているようだった。

(とりあえず、今はバルトのことに集中しよう。あんな小娘など、ひねり潰そうと思えばいつでもできる)

しかしまだ、今はそのときではない。

無理やり気持ちを切り替えながら、ディンはバルトを追って駆け出した。

「贈り物だ」

そう言って包みに入った箱を差し出されるたび、ターシャは毎回ちょっと不安になる。

(今日は、いったい何かしら……)

宮殿に来て今日でそろそろ一ヶ月。

悪夢から帰還して以来バルトとは恋人のように触れ合うことが増え、贈り物をもらう機会も多くなってきた。だがたいていの場合、箱の中身はやたらと高価なものか、なぜこれを選んだのかと突っ込みたくなるものばかりだ。

しかし恐る恐る箱を開けると、中に入っていたのは帝国ではあまり見ない菓子だ。

「すごい、チョコレート！」

思わず破顔すると、バルトも嬉しそうな顔をする。

「好きなのか？」

「はい。北の地方を旅していたとき食べて以来、大好きなんです」

しかしチョコレートは熱に弱く、昼間は高温になる帝国ではあまり見かけない。近頃は物を冷やす箱も発明されたと聞くが、この手の菓子はまだ普及していない。

「しかし悔しいな」

「くやしい？」

「それはディンが押しつけてきたのだ。若い女性議員から、絶対これにしろと言われたらしい」

「ちなみに、これじゃなかったら何を？」

「下着だ」

食べようとしていたチョコレートを、ターシャは危うく落としかける。

「食べ物だし毒の問題もあるので迷ったが、その顔を見るに下着よりずっといいらしい」

「そうですね、お菓子は好きですし。高価なお菓子もありますが、宝石ほどではないので受け取りやすいです」

「そなたは本当に、高価なものが好きではないのだな」

「はい」

「だが最近、高価でないものもあまり受け取らないだろ。昨日あげた服はどうした？」

尋ねられ、ターシャは気まずい顔でクローゼットに目を向ける。

バルトはターシャのためにせっせと贈り物をくれるのだが、その中でも多いのは服だ。高価なものから町娘が着るようなものまで、バルトは様々な服をくれる。

行為のために贈っているのではなく、純粋にターシャがオシャレができるようにと思ってのことらしい。

でもそれに、ターシャは袖を通せなかった。特に帝国の人が着るような服は抵抗がある。

（だって着てしまったら、ルシャには戻れない気がする……）

行為のためならいい。でも自分のためにこの国の服を着たら、ターシャはずっとバルトの側にいられるような錯覚を抱いてしまう。

だから服は着ない。

そしてルシャであることを忘れないように、バルトが仕事をしている間は薬作りをしたり、強まった力を上手く制御できるようキーカに教えを乞いながら過ごしている。

「気に入らなかったのなら、また別のものを選ぶ」

「いえ、もう……」

「なら、何か欲しいものはあるか？　そなたが望むのなら、何でも贈る」

この質問はもういったい何度目だろうかと苦笑する。いらないと言っても、バルトは引き下がらない。

（かといって、欲しいものなど何もないのに）

本当はたったひとつだけ、ある。

ただしそれは決して口にできないものだから、ターシャは静かに首を横に振りチョコレートを口に入れた。

そうしていると開けた窓から心地いい風が吹き込み、ターシャは僅かに目を細める。

「美味しいお菓子と、心地いい風があればルシャには十分です」

他には何もいらないと、ターシャはバルトに笑いかける。

だがそこで、バルトが腕を組んだ。何かを考え込む仕草に、ターシャが抱いたのは不安だ。こうやって何か考え込むときは、突飛なことを言い出す前触れだ。

「……わかった。なら、そなたに風をやろう」

案の定、バルトは意味のわからないことを言い出す。

「準備をしてくるから、しばし待て」

「あの、待ってください陛下。私は本当に何も……」

「大丈夫だ。今度こそ、そなたが喜ぶものを与える」

どうやら、まったく話が通じていないらしい。

(でもまあ、これもいつものことか……)

そして、こうなったバルトをターシャは止められない。もし、おかしなことを仕出かそうとすれば、代わりにディンが必死になって制止するだろう。

今はそう割り切って、ターシャはチョコレートを味わうことに集中しようと決める。

「すぐ戻る」

そう言って、バルトは一目散に部屋を出て行く。それを苦笑しながら見送っていると、開いたままの扉からキーカがひょいと顔を覗かせた。

「おや、陛下一人でお出かけかい？」

「すぐ戻るって言って、急に出て行ってしまったの」

「また、変なことを思いついたんだろうね」

近頃バルトはキーカともよく話しているので、彼の突飛さを彼女もよく理解している。

「じゃあ今のうちにこれを渡しておくよ」

そうキーカが差し出したのは、しばらく会っていない仲間たちからの手紙だった。

ターシャとキーカは今、貴族に囲われて仕事をしているということになっている。とはいえ長い間連絡もしないのは不自然なので、手紙のやりとりだけは続けていた。

「みんな、元気そう？」

「ああ。ただ別のグループから誘われて、近々西の国に移動するかもしれないらしい」

キーカの言葉に、ターシャは手紙を取り落としかける。

（そうだ、もう一月も経つんだ……）

ルシャたちは、一所に長居はしない。それでも今までの手紙の様子から帝国での生活は快適そうだったため、あと一月くらいの猶予はあると思っていた。

（でも風が吹けば流れるのがルシャだ……。別のグループからの誘いを吉兆の風だととらえたなら、きっとすぐにも旅立とうとするだろう）

「……あんたは、どうしたい？」

尋ねられ、ターシャは言葉に困る。

「どうするも何も、仲間が行くなら一緒に……」

「でも陛下の身体はまだ完全には治っていないだろう？　それに彼はあんたに夢中だ」

「でもいずれ治るわ。それに夢中なのも今だけだし……」

それがわかっていて、ずるずるとここにいるのはきっと得策ではない。

ルシャは結束が固いぶん、一度出て行った仲間は二度と迎え入れない。だからもし帝国に残ると言えば、止められはしないが戻ることはできないのだ。

「でももう少しだけ待ってもらえないか、それだけは手紙で聞いてみる」

「ならあたしが書くよ。今日は、素敵なデートが待っているようだし」

「え、デート？」

「楽しみにしておきな」

相変わらずのニヤニヤ笑いに不安を抱いたが、キーカはすぐさま出て行ってしまう。

(デートっていうけど、陛下とどこかに出かけるなんてありえないわよね……)

ということは何かの比喩だろうか。そもそも、ああ言っていたということはキーカはターシャたちの未来を見たのだろうか。

色々と気になることが多すぎて、ターシャは頭が痛くなってくる。

気分を変えようとバルコニーに出れば、太陽がだいぶ傾いている。朱色に染まり始めた空をのんびり眺めていると、ノックもなく部屋の扉が開いたことに気がつく。

相手はバルトに違いなく、苦笑しながら振り返ったターシャは、そこで固まった。

(えっ、誰!?)

てっきりバルトが戻ってきたのかと思ったのに、そこに立っていたのは見覚えのないルシャの男だったのである。

「どうだ、完璧な変装であろう」

しかし口からこぼれたのは、バルトの声である。

「陛下、なんですか？」

「うむ。どうだ、キーカにルシャの衣服を借りてきたのだが似合っているか？」

よく見れば、ターシャを見つめる眼差しはバルトのものだ。しかし今の彼は、髪も長さも変え、ルシャの男性が纏う薄手の衣を纏っていた。ルシャの男はあまり厚着をしないし堅苦しい服を好まない。故に胸元は大きく開け、袖のない衣を纏うのが一般的だ。

そうした服を着ているとバルトの逞しさが強調され、つい厚い胸板に目が釘付けになってしまう。

「に、似合っていると思います」

何とか絞り出せた声は動揺で乱れていたが、バルトは満足そうだった。

「うむ、では行こうか」

「い、行くってどこへ？」

「そなたに風を贈ると言っただろう。今の時刻になると、ちょうどいい風が吹く場所を知っている」

そう言うと、バルトはターシャを自分の部屋まで引っ張っていく。

なぜ宮殿の外ではなく部屋なのかと悩んだ直後、バルトは暖炉の上についている帝国の紋章に触れた。すると暖炉の横の壁が動き、中に薄暗い通路が現れる。

「これって、まさか隠し通路ですか？」

驚いて尋ねると、バルトは頷いた。

「ここを抜けると市街地に出られる」

「ま、待ってください、まさか宮殿を抜け出す気ですか⁉」

「ここでは、あまり風を感じないだろう」

「いやでも、私はもちろん陛下が許可なく外に出るのは……」

「一応ディンに言ってあるし、見えないが護衛はついてくるであろう」

それに……と、バルトは壁に立てかけてあった剣を腰帯に差す。

「こう見えても、余は強いぞ？」

そういえば、バルトは鬼のように強いという噂をターシャも聞いたことがある。反乱の際には先陣を切って皇帝派の軍と戦い、見事皇帝の首を打ち落としたと言われていた。

「今でも身体は鍛えている。そなたと自分の身くらいは守れる」

だから行こうと差し出された手を、悩みながらも結局握る。

本当にいいのだろうかという気もしたが、一ヶ月の軟禁生活に窮屈さを感じていたのは事実だ。宮殿の中は好きに歩けたけれど、街から街へと旅する生活を送っていたターシャにとっては今の住まいは狭い。

「せっかくだ、俺が街を案内しよう」

笑顔と共に言われてしまえば、断ることなどできなかった。

薄暗い地下通路を進んだ後、たどり着いたのは町外れにある古い廃屋の中だった。

その入り口で待つ護衛と合流した後、バルトは街を囲む大きな壁のほうへ歩き出す。

「まさか、街の外に出るおつもりですか？」

さすがにそれはまずいのではと思ったが、バルトは首を横に振った。

「この先に、街と周辺の渓谷を一望できる物見台があるのだ」

物見台は一般の人々にも開放されているようで、街を囲む壁の上へと続く長い階段には人が列をなしている。

バルトの素性がバレてしまわないかと不安になったが、風除けのストールで口元を隠していることもあり彼に目をとめる者はいない。

「この街には移民も多く、そなたのようなルシャもよく流れ着いてくる。この格好なら、俺が誰かなどわかりはしない」

たしかに、ターシャを見つめるバルトは本物のルシャのようだ。

(本物より、本物らしいかも)

旅を続けるルシャの男たちは皆逞しいが、ターシャのグループの男たちは皆高齢で小柄だ。若い男がいないので無理に見合いをさせられることはなかったが、旅先で別の一族の男を見るたび、彼らのような若者が一人でもいれば力仕事も楽なのにと思ったものだ。

そしてそのとき見た男たち以上に、バルトの身体つきはがっしりしている。脚が悪いはずなのに、長い階段もするすると上り、息を切らすこともない。

「陛下は体力がありますね」

「へばったか？」

「へばりそうですが、あと少しで頂上なので頑張ります」

「疲れたなら言え。抱き上げる」

それはさすがに恥ずかしいと思い、ターシャは何とか階段を上りきる。

（うわぁ……！）

階段を上りきった先に広がっていたのは、夕日に染まる岩肌の渓谷と立派な都だった。

夜も間近に控え、明かりの入り出した町並みはひどく美しい。だがターシャがより目を引かれるのは、都を囲む渓谷のほうだ。

「手すりに摑まっていろ。すぐ、そなたの気に入る風が来る」

言われるまま渓谷側の手すりに摑まると、次の瞬間強い風がターシャの髪を靡（なび）かせた。

心地いいどころか強すぎて身体が持っていかれそうになるけれど、後ろからバルトが抱き締めてくれたため怖くはなかった。

「いい風だろう」

「はい。でもすごく強いです」

「渓谷から風が吹き上げてくるのだ。そのせいでこの壁がなければ、建物もすぐ崩れてしまう」

夏場は砂嵐も吹くと言いながら、バルトもまた強い風に目を細める。

「俺はこの風が好きだが、お陰で都市の開発もなかなか進まなくてな」

「確かに、街の外に出たらいっぺんに吹き飛んでしまいそう」

「それを防ぐ壁を作るのも容易ではない。最近は移民も増えたので都市を拡張せねばなら
ないが、以前より風が強くなっているせいで難航している」

バルトの身体をも揺らす強い風が吹き、ターシャは慌てて彼にぎゅっとしがみつく。

「確かにこれは、ルシャの力でも流れを変えるのが精一杯かも」

思わずこぼすと、バルトがそこで僅かに目を見開く。

「ルシャには、風を操る力もあるのか？」

「はい。わりと一般的な力で、それを用いて帆船を操ったり畑に種を蒔いたりします」

あと時々仲間をからかうのに使うと言った瞬間、バルトの顔が不自然に歪んだ。驚いた
ような、しかしどこか悲しそうな顔が気になって、ターシャはそっと声をかける。

「どうか、なさいましたか？」

尋ねると、バルトははっと我に返った。それから何でもないと首を横に振り、風に飛ば

されそうになっていたストールを手で押さえる。

「先ほどの話に戻るが、ルシャの力を用いれば、この風の流れも変えられるか？」

「変えるくらいなら簡単だと思います。止めるくらいになると、それなりに強い力を持つ者が必要ですが」

ターシャが告げた瞬間、バルトが何か考え込むように背後の都市へと目を向ける。

その顔は皇帝らしい思慮深さに溢れており、ターシャは思わず見惚れてしまった。

（こういう顔も、なさる方なのね……）

出会ったばかりの頃は表情が見えなかったし、今もターシャに向ける表情はつたなくあどけないものが多い。

けれど思案するバルトは凜々しく知的だった。

「……ありがとう。今の話は、とてもいい参考になった」

ターシャがぼうっと見惚れていると、バルトが視線を彼女に戻す。

慌てて我に返ったが、見惚れていたのは完全にバレていたらしい。

「どうした、俺の顔に何かついているか？」

「いえ、あの、何でもありません」

「そうか」

淡々と言いながら、バルトはターシャを抱き締め直す。

「もう少し風に当たったら、街を歩こう。あとできれば、後日そなたの仲間が滞在している場所に連れて行ってもらえるか？」

「かまいませんけど、なぜ……」

「風の力について、もっとよく聞きたい。それにもし叶うなら、都市開発に協力してもらいたいのだ」

バルトの言葉に、ターシャは思わず息を呑む。

「ルシャに……国が仕事をくれるのですか？」

「有用な力なら、そうする」

「でもルシャです」

「それがダメなのか？」

「ルシャの力は悪いものだと、信じる者もたくさんいます。だから、まともな仕事をくれる人なんて今まで……」

だから国々を転々とし、ルシャは自分たちの力で細々と商いをしてきたのだ。

「悪いものではないのは、ターシャやキーカを見ていればわかる」

「でもルシャを使うなんて、反対されませんか？」

「我が国は移民も多いし、外から来た者が公共事業に参加するのはよくあることだ。それに力ある者を重用するのは帝国の習わしだ。父がそれを一度崩したが、俺やディン、議員たちはその習わしを大事にしたいと思っている」

だからルシャの力だって蔑ろにはしないと言うバルトに、ターシャは泣きたくなるほど嬉しくなる。

「……それに住まいだって用意しよう。仲間が近くにいたほうが、そなただって嬉しいだろう？」

まさか自分のためでもあったとは思わず、ターシャは驚いてしまう。

「だから今度、そなたの仲間に会いたい。かまわぬか？」

「もちろんです。でもあの、閉鎖的なグループなので、最初は警戒されるかも」

「閉鎖的？　あのキーカがいるのにか？」

「キーカは特別だし、グループの中で彼女は完全につまはじき者なんです」

ため息をこぼすと、バルトはなるほどと頷いた。

「確かに彼女は、個性が強い」

バルトにまでそう言わしめる祖母に、ターシャは思わず苦笑した。

物見台から降りた後、バルトがターシャを連れて行ったのは帝都の中心にある市場だった。天幕（てんまく）の張られた広い通りには所狭しと店が並び、日も沈んだ後だというのに多くの人が行き交っている。

あまりの人の多さに今度こそ正体がバレるのではと不安になったが、ターシャの手を引くバルトは慌てる様子もない。

「いくつか店を回ってもいいか？　少し、確認したいこともある」

「それはかまいませんが……」

「安心しろ。こうして外に出るのは初めてではない」

むしろ週に一度は市を回っていると言われ、ターシャは驚く。

その言葉は本当らしく、バルトが立ち寄った宝飾品店では亭主がにこやかな顔で彼に声をかけた。

「おや、あんたもついに恋人を見つけたのかい」

親しげに声をかけてくる壮年の店主に、バルトは躊躇うこともなく頷く。逆にターシャのほうが恥ずかしくなっていると、店主はまじまじとバルトの服を見た。

「それにしても、今日はルシャの仮装かい。ずいぶん服をたくさん持ってるようだが、貴族の坊ちゃんはずいぶん羽振り（はぶ）がいいねぇ」

「え、貴族？」

思わずターシャが反応すると、店主はなぜだか少し不安そうな顔をする。

「あんたまさか、この男が遊び人だって知らずに付き合ってるのかい？」

「き、貴族なうえに遊び人……なんですか？」

「こいつはね、浪費癖のある貴族の坊ちゃんなんだ。市場に来ては必要のないものばかり買って、立派なお屋敷にそれらを集めるのが趣味っていう変わり者さ」

この辺ではみんな知っているよと、話す亭主の顔に嘘はない。

「皆俺を見て呆れるが、俺が色々買うお陰で儲かっているのだろう」

「うちはともかく、食べ方もわからない異国の果物とか、貴族様には必要ない武器なんかも市場で買ってくだろ。量も尋常じゃないし、収集癖はほどほどにしないと彼女にも逃げられちまうよ」

「わかった。では、ここに置いてある土偶を買おう。後ほど家の者に取りに来させる」

「……いや、あんた話聞いてないだろ」

実際、聞いていないに違いないとターシャが思ったのは、珍妙な形の土偶を見つめるバルトの目が真剣だったからだ。

（こんな変なものばかり買ってたら、確かに浪費癖があるって思われても仕方ないかも）

しかし何か裏があるような気がして、あえてそのときは何も聞かなかった。

そのまま市場を巡り、青果店や武器などを扱う店にいくつか入った後、バルトはようやく「用事は済んだ」と告げた。

市を離れ、人通りの少ない道に入ったところで、ターシャはうずうずした気持ちでバルトの袖を引く。

「あの、陛下は買い物が趣味なんですか？」

「いや、物欲は特にない」

「でもお店の人が、変なものばかり買っていくって……」

ターシャの言葉で、バルトは最初の店で店主に言われたことを思い出したらしい。

「あの土偶は、変なものではない。隣国ベルメルトの王家が所有する財宝だ」

「え、あの……変な土偶が？」

何かの冗談だと思いたかったが、そもそも彼は冗談を言える性格ではない。

「このところ、ベルメルトでは内乱により略奪が起きている。国家の備品も盗まれ国外に流れているという話を聞いていたが、そのひとつがあれだろう」

にわかには信じられない話だが、やはりバルトが嘘をついているようには見えない。

「よくわかりましたね」

「以前ベルメルトに視察に行ったとき、美術館で見た」

だから覚えていたのだとしても、あの一瞬で見抜いたのかと思うと、ターシャは彼の記憶力のよさに舌を巻く。

「帝都には様々な物が流れてくる。中には盗品も多いが、それを放置していては後々国際問題になるから、時折見て回って買い取っている」

「じゃあの店は、盗品を扱う店なんですか？」

「いや、ただの古美術商だ。真っ当な商売をしている者に、盗品を売る悪人が裏にいる」

そういう者たちを捕らえるためにも、盗品をあえて買い、裏の流通ルートを探る足がかりにするのだという。

「そうやって色々買っているうちに、おかしな評判がついちゃったんですね……」

「素性がバレるよりはましかと思い放置しているが、遊び人は心外だ」

解せぬ、という顔をしているバルトに、ターシャは思わず笑う。

「だってあの土偶、どう見ても王家の財宝には見えませんし……」

ほかにも使い道不明の鉄くずや大量のサボテンなども、彼は熱心に見つめていた。そのせいではないかと指摘すると、バルトは「理由はある」と今さらのように告げる。

「あれらは全て、属州の特産品だ。それらの値段と売り上げは属州の経済状況を判断する材料になる。折を見て市に来るのも、どちらかと言えばそちらが理由だ」

金と人の動きを見るのは大事だと告げるバルトの顔はやっぱりいつもと少し違う。

「……しかし、今日は鉄の値段がやけに高いのが気になったな。鉱山で大規模な事故があったというからその影響か……」

何やらブツブツ言いながら、バルトは心ここにあらずといったふうに歩き出す。

「いやだが、それにしては先週と胴の値段が四ユルンしか違わないのも気になる」

完全に周りが見えていないのか、側のゴミ溜めに突っ込みかけて、ターシャは慌てて腕を引いて彼を助けた。

ふと見れば、今まで姿を見せないようにしていた護衛たちがすぐ側まで来ている。やけにソワソワしているところを見ると、こうなるのはいつものことなのだろう。

「陛下、考えごとなら落ち着いた場所でしましょうか」

「うむ」

と言いつつまったく聞いている様子がなかく、それどころか今度は酒樽に突っ込みそうになっている。

(これはもう、どこかに座らせないとダメね……)

仕方なく手を引き、ターシャは側にあった酒場に入る。外で飲食してもいいのか少し不安になったが、護衛の者たちが「よくやった」という顔をしているのでいいのだろう。

とりあえずバルトが好きな葡萄酒を頼み、それを飲ませておく。

(陛下って、とっても優秀だけどやっぱりどこか抜けているみたい)

などと考えながら、ターシャは腕を組んだまま動かなくなったバルトを、微笑ましく見つめた。

その後バルトが我に返ったのは、ずいぶんと夜も更けた頃だった。

お腹を鳴らしながらも思考の海から帰ってこないバルトの口元にせっせと料理を運び、自身も酒や甘味を楽しみながらのんびりしていると、突然彼の意識が戻ってくる。

「……ん？」

なぜ自分はここにいるのかという顔をするバルトに、ターシャがにっこり笑う。

「考えごとは終わりました？」

「うむ」

「なら、もう遅いので帰りましょうか。お店もそろそろ閉まるようですし」

そう言って腕を引き、店の外に連れ出されたところで、バルトは自分の仕出かしたことに気づいたらしい。

「……俺は、そなたを何時間放置していた」

「三時間くらいですから、大丈夫です」

「そんなにか」

「いつも、お出かけした後はこんな感じなんですか？」

「気になることがあると、時々宮殿に帰るまでの記憶がない」

きっと、護衛の人たちが頑張って連れ帰っているんだろうなと、ターシャは苦笑する。

「しかし、今日はそうならないようにと思っていたんだが……」

「お仕事の邪魔はしたくありませんし、陛下の新しい一面が見れて嬉しかったです」

彼が皇帝であることを改めて意識し、少し寂しさを感じたりもしたが、口にした言葉に嘘はない。

「陛下は、この国のために色々考えているんですね」

ターシャの言葉に、バルトはなぜだか少し困ったような顔をする。

「国のため……かどうかは、正直わからぬ」

「でもさっき考えていたのは、帝国に関することでしょう？」

「ああ。鉱石を産出する州でいくつか問題があったから、そのことを考えてはいたが……」

そこで言葉を切り、バルトは少し考え込む。

「国を気にかけるのも、結局は国民ではなく自分のためだ。ただ父のようになりたくないと、そんな思いしか俺の中にはない」

胸を押さえ、バルトはどこか虚ろな目で夜の帳が下りる街を見つめる。

「国のことも、この都のことも、国民のことさえ正直興味はない。だがそれでは父と同じになる。それが怖いから、すべきことをしているだけだ」

「たとえ同じような考えを持っていたとしても、陛下とあの人は違うと思います」

思わずそう告げたのは、夢の中でバルトの父のおぞましさを垣間見たからだ。

「あんな人と、あなたは違う……」

「皆そう言ってくれる。でもそれでも、怖いのだ」

言いながら、バルトはそこでターシャの頬に触れる。救いを求めるような眼差しを向けながら、バルトはいつになく切なげな笑みを浮かべた。

「俺は……余は、空っぽなのだ。空っぽな器に父の意志が今も満ちているような、そんな気が今もしている」

あまりに悲しい言葉に、ターシャは思わず声を張り上げた。

「あなたは空っぽではありません。確かに感情や表情はつたないときもあるけれど、あなたには意志だってあるでしょう」

「そう思うか？」

「あなたはあなたです、他の誰でもなく」

「不思議だ。ターシャにそう言ってもらえると、そんな気がしてくる」

「実際にそうなんです。だから空っぽなんて、そんな寂しいことは言わないでください」

思わずバルトに抱きつくと、彼は驚きながらもターシャを受け入れてくれる。

「そうだな、確かに今の俺は空っぽではないのかもしれない」

告げる声はいつになく穏やかで、ターシャを見つめる眼差しには僅かな驚きと彼女への愛情が溢れていた。

「今はそなたがいる。そなたの存在が、心を満たしている」

「ならこれからも私があなたを満たします。だからあまり、悲しいことは考えないで」

悲しみは悪夢を呼ぶ。そして悪夢はバルトを過去に縛り付けてしまう。

「あなたは立派な皇帝です。どうかそれだけは忘れないで」

「わかった」

「約束ですよ？」

そう言ってバルトの小指と自分の小指を絡めると、彼は不思議そうな顔をする。

「これ、東の国に伝わる約束のまじないなんです。小指を絡めながら交わした約束は、絶対に破ってはいけないんですよ」

「ならば、絶対に破らぬ」

力強い言葉に頷くと、ターシャは小指を絡めたままゆっくりと歩き出す。

「ターシャ、小指でだけでは物足りない」

しかしすぐに二人を繋ぐ指は五つに増えた。

他の指も絡め、二人の距離がぐっと縮まる。それにこそばゆさを感じながら、ターシャはバルトと共に人通りの少なくなった夜道を歩いた。

静かな通りに響く二人の足音を聞いていると、何だか無性に甘えたい気持ちになって、ターシャはバルトの腕にそっと頭を押しつける。

「どうした、今日は何だかいつもより可愛いぞ」

「陛下が戻ってくるのを待つ間、お酒をたくさん飲んでしまったのでそのせいかもしれません」

「酒に弱いのか」

「むしろ強いほうです。普段からキーカの相手をしているので」

でも今日は、何だかいつもより心がフワフワしている気がする。

酒のせいなのか、それともこの状況がそうさせているのかと考えながら、ターシャはバルトと繋がった手に力を込める。

「私、恋人と出かけるの初めてです」

「同じだ」

「ベッドの上で手を繋ぐのもいいですけど、外で繋ぐのもいいですね」

「ああ、すごくいい」

バルトのほうも手に力を入れる。その次の瞬間、彼は不意に身をかがめターシャの唇を優しく啄(ついば)んだ。

「キスもいつもと何かが違うな」

「ええ……。とてもこそばゆくて、何度でもしたくなりますね」

短い言葉を交わした後、二人はもう一度だけ軽く唇を合わせる。

その様子は、きっと護衛たちにも見られている。そうわかっていたが、不思議と恥ずかしさを感じなかった。

(二人で出かけるのはこれが最後かもしれない……。だとしたら、今は素直に甘えたい)

「陛下、もう一度だけ……」

「ああ。だがこれ以上すると、色々まずい気がする」

キスを重ねた後、バルトは自分の胸にそっと手を当てる。

「身体の奥が、いつになく熱い」

「本当に？」

「ああ、それに腰のものもひどく痛む」

いつになく強い反応だと言うバルトの顔には、すでに情欲が滲んでいる。

(もしかして、今なら……)

期待を抱き、ターシャはバルトの手を強く引いたのだった。

行きと同じ道を辿り、二人はバルトの寝室へと戻った。

途端にバルトに口づけられたターシャは、やはり彼の雰囲気がいつもと違うと気づく。

「身体が、ひどく熱い……」

苦しげな声と共に何度も口づけながら、バルトはカツラとストールを投げ捨てターシャを抱えた。

倒れ込むように寝台に上がったところで、二人の身体がより密着する。

(確かにとても熱い。それに、これって……)

バルトの身体に乗り上げる格好になっていたターシャは、バルトの股間が硬くなっているのを肌で感じた。

この一ヶ月の間、夢と現実で何度も抱き合ってきたが、こんなにも強く彼を感じたことはなかった。

(今なら、きっと……)

ズボンの上からターシャは股間の膨らみをそっと撫でる。

「……ダメだ。触れられると、身体がおかしい……」

「それでいいのです。陛下も、私におかしくなれとおっしゃるでしょう?」

言いながら、ターシャはバルトのズボンをゆっくりとくつろげる。

裸で抱き合うことは前にもあったので彼のものを見たのは初めてではない。けれどその逞しさに、ターシャは今初めて気がついた。

はち切れんばかりに勃ち上がったそれは、今まで見たどの男性器よりも大きくて太かった。反り返る様は凶器のようにも見え、これを受け入れるのは大変だろうとわかる。

　しかしバルトのものを見ていると、ターシャの膣が焦がれるように震えた。彼のものが欲しいと訴える身体を恥じつつも、気がつけばそっと身をかがめ、彼のものに唇を寄せてしまう。

「だめだ、……ッ、ならぬ……」

　楔の先端にそっと口づけただけで、バルトの顔が苦しげに歪み、声が熱情に掠れる。

　前から、バルトはあまりここに触れさせたがらなかった。一度触れたことはあるが、他の場所より感覚が鈍いらしく、「そなたを感じられないから触れなくてよい」と拒まれてきたのだ。

　しかし今日は普段とまるで反応が違う。唇と指で軽く触れると、色気を帯びた声がバルトの口からこぼれた。見れば、雄芯の先端はねっとりと濡れ始めている。

「ここに、触れさせてください」

　もしも本当に達することができるなら、自分の手でバルトを導きたい。

　そう思い、細い指をバルトのものに添える。

「くッ……」

　そのままゆっくりと雄芯を扱きながら、ターシャは大きく開けた口で先端を包み込んだ。

　むせかえるような雄の香りが口の中に広がるが、不快感はない。自然とこぼれる唾液と先走りを舌で絡ませながら、ターシャはバルトの男根を優しく刺激していく。

初めての行為だったけれど、男性がこうされて感じるのは人の夢を見て知っていた。最初見たときは気持ちの悪い行為だと思ったが、自分が当事者になるとそんなことはみじんも思わない。

「身体が……バラバラに、なりそうだ……」

ターシャの手と舌によって心地よさそうに顔を歪ませるバルトを見ていると、自分のほうまで身体がゾクゾクする。顔の角度を変えながら、猫のように雄芯を下から上へとなめ上げると、ターシャの陰唇もまたじんわり濡れてくるのがわかる。

「そなたに、入れたい……」

そのとき、苦しげな声でバルトが懇願した。

彼の声で、ターシャの身体が歓喜に震える。

けれど、ターシャは刻一刻と力を増す雄芯から唇を離さなかった。

受け入れたい気持ちはある。そしてそうすれば、彼は今度こそターシャの中に精を注ぐことができるだろう。

でもだからこそ、できない。

皇帝の精を、自分のような女が受け入れていいわけがない。

急なことなので避妊具も薬もないし、下手に妊娠すれば大事になるだろう。

「ターシャ……」

彼女が欲しいと告げる声を無視して、ターシャは行為に夢中になったふりをしてバルトの先端をじゅっと吸い上げた。

「くッ……」

初めての強い快楽にバルトは耐えられず、背中を反らせながら甘い声をこぼす。

自分を組み伏す余裕がないことに安堵しながら、ターシャは男根を扱く手つきをさらに速めた。

より深くバルトのものを口に含み、ぐちゅりぐちゅりと音がするほど強く、舌で扱いて吸い上げる。

すると見る間にバルトのものが大きくなり、ターシャは呼吸するのも精一杯になる。

「……ターシャ、もうよい。……ひとりで、できそうだ」

ターシャが苦しげな顔をしたのに気づいたのか、バルトがターシャの頭に手を置き、遠ざけようとする。

経験はなくとも、射精についての知識はあるのだろう。ターシャを苦しめないように、穢さないようにという計らいか、身を引くようにと目が訴えている。

でもターシャは、そうしなかった。

(せめて口で、彼のものを受け止めたい)

身体が繋げないならせめて、この口でバルトの精を受けたい。

淫らな欲望に身を任せ、ターシャはバルトの竿を強く扱く。

「くそ、……もう……」

ターシャを遠ざけようと置かれていた手が、彼女の頭を摑んだ。髪をかき乱しながらぐっと引き寄せられ、喉の手前を竿の先端が抉る。

それに合わせ、今度はターシャの口から甘い声がこぼれた。

「ンッ……ぅッ……ふっ……」

息苦しさもあり小さく喘いだが、やはり不快ではない。むしろバルトの高ぶりがより感じられ、ターシャはうっとりと目を細める。

その顔を見た瞬間、バルトが苦しげなうめき声を上げ、ぐっと身体を反らした。

とっさに腰を引いたようだが、熱いたぎりがターシャの口の中に放たれる。それをこぼさぬようにと、バルトのものが引き抜かれるのと同時にターシャは口を引き結んだ。

口に注がれたものはひどく苦かった。けれどそれは、ターシャだけが得ることを許された愛の証だ。

「すまない、はき……だせ……」

バルトは言ったが、ターシャはそれを嚥下する。熱が喉を通り、下へと落ちていくのを感じていると、ターシャの目から一粒涙がこぼれた。

（……ああ、私の役目はこれで終わってしまった）

バルトのものは力を失っていくが、それでもまだ生命力に溢れている。

それを見れば彼の身体はもう治ったのだとわかるが、今は喜びより切なさが勝った。

「……お加減は、どうですか？」

表面上はいつも通りを装いながら、ターシャはそっと尋ねる。

「身体が、ひどく重い……」

ターシャの涙には気づかなかったのか、バルトは淡々と告げる。

「ならひとまず休みましょう」

「いや、待て……」

「射精はひどく体力を使うものなのです。それに、急激な変化でお加減を悪くする可能性もあります」

念のため、医者も呼んだほうがいいかもしれない。そう思って寝台から降りようとしたが、それより早くバルトの手がターシャの肩を摑む。

「いくな、今は側にいろ」

「しかし……」

「無理はしない。少なくとも、ここでは」

強く抱き寄せられ、ターシャはバルトの上に倒れ込む。彼の身体からは熱が引いておらず少し心配だったが、大丈夫かと尋ねる間もなく唇を塞がれる。

そのまま、バルトがターシャの手を取りぎゅっと握った。

（えっ、うそ……）

直後、唐突に睡魔が訪れターシャの意識が身体を離れる。


「ここなら、いいだろう？」

バルトの声ではっと我に返ると、そこはターシャが見せたあの白い浜辺だった。

見覚えのある椰子(やし)の木の下で、ターシャはバルトに抱きかかえられていた。

「私、力を使っていないのに……！」

驚くと、バルトがターシャを抱き締めながら小さく笑う。

「たぶん、余がそうさせた」

言いながら、バルトは自分とターシャの手を重ねる。不思議なことに、バルトの手の甲にはルシャのような痣が見える。

「陛下、この痣は……」

「そなたの痣と同じ、ルシャのものだろう」

「えっ、でも……」

「……実は昔、母が言っていたのだ。自分には僅かだがルシャの血が流れていると」

バルトの言葉に、ターシャは驚いた。

「じゃあ、陛下にもルシャの力が……？」

「ないと思っていたが、母にはあった。昔よく風を操って見せてくれたことを、昼間そなたと話していて思い出した」

言いながらバルトは少し寂しげに笑う。

「ルシャに伝わるという歌を歌いながら、母はよく余の髪を風の力で結ってくれた。それがとても楽しかったのに、ずっと忘れていた」

寂しげな声と表情が見ていられず、ターシャは慰めるように彼を優しく抱き締める。

言葉は淡々としていたけれど、母との思い出はいい意味でも悪い意味でもバルトの心を乱しているような気がした。

幸せな時間はきっと長くは続かなかったはずだ。そしてその瞬間を忘れてしまっていたことに、彼はきっと苦しんでいる。

それがわかったから、ターシャは労るようにバルトの背中を撫で続けた。

「ありがとう。そなたは俺の感情や感覚だけでなく、記憶も取り戻してくれた」

「私は、何も……」

「何もどころか、俺にたくさんのことをしてくれただろう」

ターシャの抱擁で落ち着いたのか、バルトの声も表情もいつものものに戻った気がする。

そして彼は、そこでターシャの唇を優しく奪う。

「そしてそなたは、俺を我が儘にもしたらしい」

「わが……まま？」

キスを受けながら尋ねると、バルトはターシャをぐっと抱き寄せる。身体が密着すると、夢の中でもバルトのものが強く熱を持っていることに気がついた。

「俺はそなたが欲しい。そう強く願ったら、こうして夢に来られたのだ」

「……そういえば、前にキーカが言っていました。ルシャの中には希に、固有の力を持たぬ代わりに他のルシャの力を強め、一時的に借り受ける者がいると」

「ならば、俺はそれだったのかもしれない」

だとしたら、ここにきて急にターシャの力が強くなったのも頷ける。

「陛下には、驚かされるばかりです」

「バルト……夢の中ではそう呼ぶ約束だ」

もう一度唇を奪われ、ターシャはバルトの服をぎゅっと握りしめる。現実が反映されているからか、彼の服はルシャのもののままだった。

雄芯はしまわれているが、ターシャが欲しいと訴えているのは今も感じる。

それでも言葉に困っていると、バルトは何を思ったかキョロキョロと周囲を見回す。

「もしや外でやるのが嫌なのか？」

場所に戸惑っていたわけではないし、むしろいつもの寝室は嫌だと今は思う。そう思えば、
この場所でこうしていると、二人はどこにでもいるルシャの男女のようだ。そう思えば、躊躇いは消える。

「あの、むしろここで……」

「しかし、砂がついてしまわないか？」

「ここは夢です、身体は汚れないし不快な思いもしないはずです」

そう言って、ターシャはバルトの身体を引き寄せる。

体勢を崩したバルトと共に横になると、温かな砂が心地よく二人を受け止めた。

ただ太陽の下だと恥ずかしかったので、ターシャは空を夜に変え星で埋める。

「これでは暗すぎる」

「暗くしたんです」

「そなたの顔が見えないのは嫌だ」

バルトの我が儘に夢が答え、空には大きな月が浮かぶ。

月の光りに優しく包まれながら、口づけを再開するバルトをターシャは受け入れる。キスは性急で荒々しく、ターシャが欲しいと強く訴えている。

「すまない、あまり余裕がなさそうだ」

気がつけば、バルトの衣服が消えていた。ターシャの衣服もキスの合間に消え失せ、二

人の裸体が月の光りに晒される。

月に照らされたバルトの姿は、どこか神々しかった。

逞しい身体も、凛々しい横顔も、あまりに綺麗で目が離せなくなる。

「醜い、身体だろう」

身体に残る傷を指して、バルトは告げる。そのどれもが父親の手によるものだと知っていたターシャは、首を横に振る。

「醜いのは、バルトの身体に傷をつけたあの男です。あなたは本当に綺麗です」

初めて会ったときにしたように、ターシャはバルトの頬に手を添えた。

「そなたも綺麗だ。身体も心も、全てが綺麗すぎて時々不安になる」

「不安？」

「いつかその美しさを壊してしまうのではと、不安になる」

ターシャの手に頬をすり寄せながら、バルトが切なげに目を細める。

「そんなことはありえません。バルトは私を大切にしてくださっています」

「そなたはいつもそう言ってくれる。そして俺は、そなたの言葉に甘えようと思えるようになった」

切なげな表情が薄れ、代わりに深い愛情がバルトの目に宿る。

「そなたの言葉を信じ、俺はターシャを愛し大事にできると信じることにした。だから今夜は、それを証明させてほしい」

　舞い戻ってきた口づけは性急だったが、唇を奪われ舌を差し入れられるたび、彼の優しさが伝わってくる。

　唇や肌が重なると、夢の力によって暴力的なまでの快楽が生まれるのは相変わらずだが、

「愛したい」「愛されたい」という気持ちはいつもより強く伝わってくる。

「私も、あなたに大事にされたい」

　今だけでいい。夢の中だけでかまわないから、永遠の愛を誓いバルトと身体を繋げたい。

　そう望むのを止められず、ターシャはバルトの首に縋り付きながら激しいキスを受け続ける。

「望みは叶える。そなたは、俺の愛する女性だ」

　強い望みは、繋がりたいというただひとつの目的に繋がり、二人の性器は前戯もなく全ての準備を終えていた。

　濡れすぎて太ももを汚す蜜を指で拭いながら、バルトはターシャの腰をぐっと持ち上げる。

　脚を大きく開く格好になったが、それを恥ずかしいと思う気持ちさえターシャにはなかった。

「バルト…早く……」

「ああ、長くは待たせぬ」

バルトの先端がターシャの入り口を叩くと、それだけで甘い嬌声が口からこぼれた。

ぐっと腰を倒し、雄芯が花弁を押し開く。夢の中のせいか、挿入はあまりに容易かった。

「く……あっ……」

現実でも舌や指で中を何度もほぐされてきたせいか、挿入の感覚は鮮明で苛烈だった。

「おっ……きい……」

「俺を、感じるのか？」

「はい、本物……ではないのかもしれない…けど……」

「俺もだ。そなたの中は、とても温かい」

荒く息を吐きながら、バルトは奥へと楔を突き立てる。

奥へ進むたび、感覚は鈍くなったが「ターシャを心地よくしたい」というバルトの望みが、彼女の身体に得も言われぬ心地よさをもたらす。

ターシャも同じ気持ちを抱けば、バルトは苦しげに眉根を寄せ、荒々しく息を吐き出す。

「くそ、あっという間に……持っていかれそうだ」

「なら、中に……おねがい……」

現実では決して受け入れられない熱を、ターシャは注がれたいと願う。

一度は叶わぬと思ったせいか、夢の中だとはいえ我慢はできなかった。

「バルト……ッ、はや、く……」

「なら共に、いきたい」

ターシャの身体を摑み、バルトが強く腰を穿つ。

抽挿が始まると理性が飛ぶほどの愉悦が生まれ、ターシャは身体と腰を淫らに震わせた。

「すごい…あぅ……ああっ」

「果てろ……、俺もすぐに………ッ！」

バルトの先端がターシャの中を強く抉った瞬間、ターシャは砂を握り締めながら目を見開く。

「ふ、あアッ……――！」

絶頂の訪れと共に、ターシャの中に熱が放たれる。

あまりの熱さに思考も焼け落ち、淫らに震える身体からは嬌声だけがこぼれた。

「ターシャ……ターシャ……」

法悦に溺れ、快楽に落ちた身体をバルトがかき抱く。

彼のものは、熱い精を注いでもなお衰えない。それどころかさらに存在感を増し、ターシャと繫がる喜びに高ぶっている。

「目覚めるまで……そなたを手放せそうにない……」

その声をターシャは認識することができなかったが、身体はバルトの望みに染められ更なる絶頂を受け入れる準備を始めている。

「バルト……バル、ト……」

（彼が欲しい。彼の全てが、欲しい……）

現実では願えぬ欲望に身を任せ、ターシャもまた朝まで快楽に溺れたいと強く思った。

第六章

その朝、ターシャはいつになく幸福な気持ちで目を覚ました。

バルトの腕に抱かれ、彼の胸に頬を寄せる形で眠っていたターシャは、ぼんやりとバルトの寝顔を見つめていた。

でもそうしていると、少しずつ現実が追いついてくる。

バルトの腕の中で目を覚ますのは初めてではないし、咎められたことはない。でも夢の中とはいえ彼と身体を重ねてしまった事実に、ターシャは罪悪感を覚える。

（それにもう、私の役目は終わってしまった……）

バルトはもうしばらく自分を手放さないかもしれないが、射精が可能になった彼は然るべき相手と婚姻を結び子を成す準備に入るだろう。

それを思うと、割り切ったはずなのに心がきしみを上げる。

バルトの顔を見ていられず、ターシャは彼に背中を向けるとぎゅっと目を閉じる。そうしていないと、涙がこぼれてしまいそうだった。

「……ターシャ」

なのに一番放っておいてほしいときに限って、バルトがいつになく優しい声で彼女を呼ぶ。彼の声や表情が豊かになることを嬉しく思っていたはずなのに、今だけはそれが少し辛かった。

「こちらを向いてくれ。そなたの顔が見たい」

バルトの腕がターシャの身体をひっくり返そうとするが、顔を見たら泣いてしまいそうだったので慌ててぐっと身体に力を入れる。

抵抗を感じ取ったのか、バルトはターシャの背後からぎゅっと身体を抱き締めてくる。ターシャ、ともう一度耳元で名前を呼んでから、バルトが彼女の髪に頬をすり寄せる気配を感じた。

しばらく沈黙が続き、バルトはまた動かなくなる。もしかしたら寝てしまったのかもしれない。それにほっとしてようやくターシャは身体から力を抜く。だがその直後、不意打ちのようにその言葉は降ってきた。

「そなた、俺の妃になるつもりはないか？」

こぼれた言葉はあまりに予想外で、ターシャは思わず息を呑む。

「な、何を……」

「冗談ではないぞ」

「でもそんな、無理に決まっています！」

慌てて振り返り、ターシャはバルトに考え直せと言おうとした。だが彼の表情は優しくも真剣だった。

「無理ではない。容易くはないし、ディンや周りの人にも迷惑はかけると思うが」

「無理でなくても、そうすべきではありません。だって……」

言いよどむターシャに、バルトは首をかしげる。

「何か懸念があるのか？」

「だってきっと、あなたが私を好きなのは今だけだから……」

ターシャの言葉に、バルトはいつになく驚いた顔をする。

「なぜそう思う」

「だってこんな、私となんて……続くわけがない」

「なら、俺を好きだと言ってくれた言葉は今だけのものだったのか？」

そんなことを聞くなんてずるいと、ターシャは言いたくなった。

今だけのものだったら、泣きそうになどなっていない。

気の迷いだとしても、妃にと言ってくれたことを、こんなにも喜んだりはしない。

「なんだか、周りを説得するよりそなたを説得するほうが大変そうだ」

ターシャの戸惑いを見抜き、少し困ったようにバルトが笑う。

その笑みを見た瞬間、ターシャはどうしようもなく彼の愛情を信じたくなってしまった。

「俺の覚悟が本物だと証明するために、まずは外堀を埋めよう」

「無理に、決まっています……」

「無理なことなどない。ものすごく大変だというだけだ」

あまりに軽く言うものだから、ターシャは呆れつつもだんだんおかしくなってくる。

(この人は本当に、いつもいつも突飛な発言で私を驚かせるのね……)

そして最後は、ターシャを喜ばせてもくれる。

だからこそ心は揺れたが、バルトの言葉を信じて胸に飛び込む勇気はまだ出ない。

「大変だが、そうする価値はある」

一方バルトは、戸惑いごとターシャを受け入れるつもりなのだろう。

不安を宥めるように口づけを落とした後、「そうだ」と何やら顔を輝かせる。

「キーカに未来を見てもらいに行こう」

「い、今からですか？」

「俺はそなたと離れるつもりはない。だからきっと、ハーレムのときのようにそなたとの未来が見えるはずだ」

バルトは確信しているようだが、ターシャはむしろ不安だった。

(そんなに都合よく、私たちの未来が見えるわけがない)

むしろ二人で現実を突きつけられ、傷つくのがオチだとわかっていた。

(だけどそれを知れば、逆に陛下も諦める気になるかもしれない)

諦めこそがお互いにとって最善だという考えを捨てきれないターシャは、悩みながらもバルトを止めることを放棄した。

それが最悪の結果を招くと知るのは、まだ先のことだった――。

「なんだい朝から二人して……。あたしゃ、二日酔いでまだ寝たいんだよ」

「そう言わず、ちょっと未来を見てもらえぬか」

部屋に入るなり、許可なく寝台に乗り上げキーカを揺するバルトに、ターシャは苦笑していた。

「キーカ頼む、どうしてもターシャとの未来が見たい」

「大丈夫だよ、どうせ『いつまでも幸せに暮らしました』ってやつさ」

「俺もそう思うのだが、ターシャが信じてくれぬのだ」

だから未来を見せろと縋り付いて我が儘を言うバルトと、皇帝相手でも容赦なく「いやだ」とごねるキーカは仲のいい祖母と孫のようにも見える。

(本当に、陛下がルシャだったらよかったのに)

旅先で出会ったルシャの男であったのなら、何の抵抗もなく恋に落ちて結婚できただろう。手のかかる男を伴侶に選んだねと文句を言いながら、何だかんだバルトと仲良くしているキーカの未来も見える。

でもその未来は幻だ。現実ではない。

それがわかっていたから、ターシャもまたそっとキーカに寄り添う。

「キーカ、少しだけ力を貸してくれない?」

ベッドの縁に腰掛け、静かに問いかけるターシャをキーカがチラリと見る。

「あたしの目には、あんたら二人は別々の未来を見たがってるように思うけど?」

「だからこそ頼んでいる。ターシャに、幸せな未来があると信じさせたい」

身を乗り出すバルトを押しのけながら、キーカがゆっくりと身体を起こした。

「先に孫と二人で話してもいいかい?」

「話が終わったら、未来を見てくれるか?」

「ああ、好きなだけ見てやるよ」

キーカがそう言うと、バルトは行儀よく部屋を出て行く。とはいえ遠くに行きたくなかったのか、出て行ったのは窓の外のバルコニーだが。

「本当に懐かれたねぇ」

「ええ、本当にね……」

苦笑すると、キーカはそこで大きなため息をこぼす。

「でも、嬉しいんだろ」

「嬉しいからこそ余計に困ってるの。だからキーカの力で諦めさせてほしい」

お願い……と、縋るようにキーカの手を握ると、彼女はさらにため息を重ねた。

「それは、本当にお前の願いかい？」

「……陛下がね、ついに射精することができたの。ならもう私は必要ないし、彼に諦めてもらわないと困るの」

「ぜんぜん話を聞いてないね。あたしは、あんたの願いと望みを聞いてるんだ」

キーカはそこで、ターシャの胸を指でつつく。

「わ、私の願いよ。淫夢の魔女としての仕事も終わったし、仲間の元にも戻りたいし」

「それを本気で言ってるなら、あんたは一生幸せにはなれないよ」

容赦のない言葉に、ターシャはそれ以上何も言えなくなる。

「ターシャ、あんたはもっと素直におなり。そして願いや望みを、他人の考えや幸せを理由に放棄するのはやめるんだ」

諭す声は厳しかった。けれどキーカは、ターシャの頭を優しく撫でてくれる。

「幸せになれるのは幸せになる覚悟がある人間だけなんだよ。とくに、あんたたち二人には大きな覚悟がいるんだ」

最後の一言を告げるとき、キーカの声は僅かに苦しげだった。

何か懸念でもあるのかと尋ねようとしたが、ガタンと何かが倒れる音がしてターシャは慌てて言葉を呑み込む。

「……陛下！」

そして彼女は、思わず叫んだ。

音がしたバルコニーのほうを見ると、倒れたティーテーブルの横に、膝をつくバルトの姿が見えたのだ。キーカと共に慌てて駆け寄ると、彼の顔は真っ青だった。

「大丈夫だ、何も問題ない」

「問題ないという顔色ではありません。すぐお医者様に……」

「いや、それよりも、今は……」

苦しげな顔で、バルトが見つめたのはキーカだ。

「頼む、ターシャとの幸せな未来を見せてくれ」

もちろん、バルトの言葉にキーカは首を振った。

「今はダメだ。あんた本当にひどい顔色だ」

「……少し、悪いものが見えただけだ。だから、上書きしたい」

言うなり、バルトは無理やりキーカの手を掴む。彼がしようとしていることを察し、ターシャは慌てて止めようと手を伸ばした。

けれど間に合わず、キーカの身体がガクンと頽れその目が白く濁った。

バルトが無理やり力を使ったのだとわかった直後、二人を離そうと重なった手のひらからキーカの力が流れ込んでくるのを感じる。

(これは、何……?)

夢の世界に落ちていくように現実が遠ざかり、キーカの見ている光景が頭に入ってくる。

一度にたくさんの未来が見えると彼女は前に言っていたが、ターシャの前に現れた光景はたったひとつだった。

『これで、これで永遠に一緒だ……』

そこは煌びやかな宮殿のホールだった。催しものの最中なのか、ホールは飾り立てられたくさんの料理が並んでいる。

でもそこに、生きている人間は一人しかいなかった。

客とおぼしき人々は、美しい装いを血で濡らし、みな恐怖に引きつった顔で倒れている。

その中にディンやキーカの姿も見つけ、ターシャは悲鳴を上げながら駆け寄った。

幻であるが故に触れることも叶わず、泣きながら二人の名を呼んでいると、男の低い笑

い声が背後に響く。

振り返ると、王座にバルトの姿があった。

彼は何かを抱きかかえ、泣いていた。泣きながら、笑ってもいた。

『ようやく手に入れた。これで、望みは全て叶った』

歓喜の声を上げながら天を仰ぐバルトの顔は、完全に狂っていた。

恐怖を覚えつつも目を逸らすことができず、ターシャはガクガクと震える。

『余は、ようやく本当の望みを叶えたのだ』

高らかな宣言と共に、バルトは手にしていたものを地面に放り投げる。

ごみのように放られたそれは、美しく着飾ったターシャだった。その顔が恐怖に歪んでいるのを見た瞬間、見えない力に引き寄せられるかのように、意識が現実へと戻ってくる。

「今のが……俺の未来なのか」

こぼれた声にはっと顔を上げると、キーカからゆっくりと手を放すバルトが見えた。違うと言いたかったが、恐怖の余韻がターシャの身体を縛り、声を出すことさえできない。

「いったい何事ですか！」

騒ぎを察知したのか、ディンと使用人たちが部屋に入ってくる。彼らは倒れたままのキーカに気づき、慌てて駆け寄ってきた。

「……ディン、キーカの容態がよくなったら、二人をここから追い出せ」

「な、何を言っているんです！　本気なんですか!?」

驚くディンに何も言わず、バルトはふらふらと立ち上がる。そのまま彼を行かせてはならない気がしてターシャはとっさに腕を伸ばすが、それを容赦なくバルトは払いのけた。

「……そなたの言う通りだ、余には幸せな未来などないらしい」

降ってきた声は、先ほど聞いた声によく似た冷ややかで不気味なものだった。反射的に身体を竦ませると、バルトはターシャに背を向け部屋を出て行く。

彼を追わねばと思うのに、震える身体は言うことを聞かず、ターシャはただただその場に座り込むことしかできなかった。

『綺麗……』

初めてかけられたターシャの言葉を思い出しながら、バルトは虚ろな目で窓から外を眺めていた。

先ほどからずっと、頭に浮かぶのはその言葉ばかりだった。

今、バルトは一人医務室の寝台に寝かされている。

彼の様子がおかしいと気づいたディンの手によって連れてこられてからずいぶん時間が

経ったが、起き上がることを彼はまだ許されていない。

医者の見立てでは特段身体に異常はないとされたが、ディンは頑なにこの部屋からバルトを出そうとしない。

でもその理由に、バルトはもう気づいている。

『もうすぐだ、もうすぐ時は満ちる』

キーカの力で未来を見たときからずっと、バルトの頭の中では不気味な声が……父の声が響いている。

（いや、本当はもっと前から……この声は聞こえていた……）

もうずいぶんと長い間、その声はバルトの中にあったのだ。

『お前は、余になるのだ』

繰り返し繰り返し響く声が苦しくて、バルトはずっと耳を塞いできた。それでも声はやまず、消える気配もなく、その声に心を囚われぬようにと心や感覚さえ閉ざしてきた。

でもそれを、バルトはいつしか忘れてしまっていた。

声だけでなく危険が側にあることを――、バルトの身体を乗っ取ろうとする父の一部が今も残っている事を失念していたのだ。

「ターシャ……」

彼女の名を呼ぶ声も、どこか父のものに近づいていた。それでも、愛しいその名を呼べば頭の中の声が少し遠くなる。

　ターシャの側にいるときだけは、ずっと父の声が聞こえなかった。聞こえるのは彼女の声だけで、その身体を抱き締めれば無理やり閉ざした心が少しずつ開いていく。

　そこに恐怖や苦痛はなかった。あるのはただ、彼女を愛おしいと思う気持ちだけだ。

　だから油断していたのだ。頭の声はすぐ側にあったのに、完全に聞こえなくなったのだと錯覚していた。

（でもあの声は……父の意志は……余の中から消えたりはしない）

　たぶん一生自分を蝕むのだと、キーカの力で見た未来が教えてくれた。そしてあの未来を見てから、父の声と意志が恐ろしい速度で大きくなっているのを感じていた。

「……バルト、起きていますか？」

　ふいに声がして、バルトは視線を窓から室内へと戻す。

　いつになく不安そうな顔で、こちらに近づいてくるのはディンだった。

「……二人は、もう追い出したか？」

　尋ねると、答えの代わりに苦しげなため息を彼はこぼす。

「あなたの命令なら、従うほかありませんので」

「なら、安心した……」

　もうここにはターシャはいない。

そう思った瞬間心が張り裂けそうになり、頭に響く父の声が大きくなったが、バルトは必死に聞こえないふりをする。

「でも、本当によかったのですか？」

「ああ。昨晩、余の身体は元通りになったからな」

「でも、あなたは……」

「お前のことだ、余が見たもののことを、ターシャたちから聞いているだろう」

ディンはそこで小さく息を呑む。その反応から、聞いたに違いないとバルトは確信していた。

「……すまないディン、余はお前の望む皇帝にはなれそうもない」

「あなたが見た未来が、実現するとは限らないでしょう。キーカさんだって、見えるのは可能性のひとつだと」

「だが彼女の手を握ったとき、見えた未来はあれだけだった」

「しかし！」

「それに、余にはルシャの力を強める力があるようだ。それを用いて強引に覗き見た未来だ、確実なものに違いない」

バルトの言葉に、ディンが苦しげに唇を噛む。

その様子を見て、バルトが思い出したのは父の手から彼に救われたときのことだ。

生きる価値もなかった彼を救ってくれた兄に、バルトは報いたかった。

そんなとき、ディンは反乱の御旗になってほしいとバルトに言った。バルトを次の皇帝にと望む兄の期待が嬉しい反面怖かった。

自分の中には父がいる。自分の写しになれと告げる声もいまだ消えていない。もし父の声に負けてしまったら、今度は自分が帝国を滅ぼすのではと思ったのだ。

「……ディン、余が皇帝になると決めたときの約束を、覚えているか？」

だからあのとき、バルトは兄とひとつ約束を交わした。

それは残酷だが、二人にとっては救いとなる約束でもあった。

「あんなもの、もはや必要ありません」

「いや、今こそ必要だ」

「あれは、あなたの心が壊れたらという約束だったはずだ！」

「ディン、余の心はもうもたぬ。それは、誰よりも自分がわかっている」

項垂れる兄を抱き寄せ、バルトはその耳に語りかける。

「父の洗脳が解けていなかった場合は、余を殺すとそなたは約束したはずだ」

「でも、あなたは……」

「もうずっと、父の声がやまぬ。それに心だけでなく、身体も痛むのだ」

父につけられた数多の傷が、今さらのように膿みだし身体を蝕んでいくのをバルトは感じていた。

「余の全てが、父と父の望みを思い出そうとしているのを感じる。遅かれ早かれ、余の心は父に壊される」

「あなたの父はもういない！　それにそれは心の病だ、治す手立てはあるはずです」

「そう単純ではない。余はあまりに長い間、父の洗脳を受けすぎた」

「だが、今まではなんともなかったでしょう」

「なんともないふりをしていただけだ。余は常に、壊れるギリギリだった」

きっとターシャが来てくれなかったら、自分の限界もわからずある日突然父の意志に囚われていただろう。もしそうなっていたら、きっと最初に手にかけていたのは常に側にいてくれたこの兄だ。

「ターシャが余にもまだ心があると教えてくれた。そしてこの心が消える前に、余は死にたい」

穏やかに笑って、バルトはディンからそっと腕を放す。

「明日の評議で、余の死に方を決めてくれ」

バルトが笑うと、ディンは腕を振り上げ彼の頬を打った。

「そんなこと、二度と言うんじゃない！」

叫び声と共に、今度はディンがバルトの肩を抱いた。

けれど温もりはもう感じない。それどころか縋る兄の姿を見た途端『血縁者は排除せよ』と父の声が響く。

（……排除などしない。消えるのは余とお前だ）

気を抜けば、きっと自分の手はディンの首を絞めようとさえするだろう。それを察したバルトは腕を押さえつけながらターシャを思う。

彼女のことを考えているときだけは、身体がまだ言うことを聞く。心も自分のままでいられる。

「ありがとう。兄上がターシャを連れてきてくれたお陰で、とても幸せだった」

幼い頃のように兄上と呼べば、ディンは肩を震わせながらバルトを睨む。

「ならその幸せを簡単に手放そうとするな！　お前のことは私が絶対に助ける」

兄の言葉を嬉しく思うのに、それを言葉にする間もなく激しい頭痛がバルトを襲う。

同時に頭の中で響く父の声が大きくなり、バルトの瞳が虚ろに曇った。

（……ターシャ）

意識が遠のいていくのを感じながら、バルトは少しでも長く自分を保てるようにと、何度も何度も愛しい名前を呼び続けた。

遠くで、誰かが自分を呼んでいる。

その声に応えたいのに身体は動かず、言葉を発することもできない。

それを煩わしく思った瞬間、ターシャははっと目を開けた。

(あれ、ここは……)

自分の居場所がわからず一瞬困惑するが、冷静に辺りを見回すとそこは以前バルトが眠っていた地下の部屋だと気づく。

(そうだ、私たちディンさんにしばらくここにいるように言われて……)

バルトに宮殿を出ろと言われてすぐ、ディンは倒れたキーカと共にターシャにこの部屋でしばらく過ごすように言った。

そして彼に、事情を説明するよう求められたのだ。

未来の光景を口にするとディンは血相を変えて出て行き、その後すぐターシャは気分が悪くなって寝込んでしまった。窓がないのでどれほどの時間が経ったかはわからないが、誰にも起こされなかったところを見ると、ディンはまだこの部屋に戻ってきていないらしい。

「調子はどうだい？」

目覚めたばかりでぼんやりしていたターシャに、声をかけたのはキーカだった。

その声に、むしろターシャのほうが慌てる。

「それはこっちの台詞よ。陛下の未来を見てからずっと倒れていたのよ？」

「倒れたのはあの坊やのせいさ。ルシャの血を引いているってのは、嘘じゃないらしい」

言いながら、ターシャが横になっていた安楽椅子まで歩いてくるキーカの足取りはしっかりしていた。

それにほっとしているターシャのほうが、何だか少し調子が悪いくらいだ。

「身体、きついんだろう？」

「どうしてわかるの？」

「あたしは慣れてるが、未来は夢と違って見る側に負荷をかける。だから普段は自分の目だけで見るようにしているが、強引に力を発動させたせいで近場にいたあんたまで巻き込んだようだ」

「じゃあやっぱり、私が見たのは……」

「陛下の未来だ」

あまりに残酷な光景を思い出すと、今もターシャの身体は震える。

でも今は自分のことよりバルトが心配だった。

「あれから陛下はここに来た？」

「いや、医者やメイドは来たが陛下もディンも来ていないね」

「何事もなければいいんだけど……」

「そう思うなら、自分で見に行けばいいだろ」

なんてことのない顔で言うキーカに、ターシャは驚く。

「でも、ここにいろって……」

それにバルトは宮殿を出て行けとさえ言ったのだ、なのにのこのこ会いに行ってもいいのだろうかと悩んでいると、そこでコツンとキーカがターシャの頭を叩いた。

「な、なにするのよ」

「あんたのぐずっぷりに呆れてるのさ。しょうもないところで思い切りがいいくせに、肝心なときにいっつも二の足を踏むんだから」

「だって、会いに行ったところで私は何もできないし……」

「本当に何もできないなら、あたしたちはもっと早くに宮殿を追い出されてたさ」

「でもその結果があの未来なのかもしれない……。ここに来たとき陛下の未来はたくさんあったのに、さっき見えたのはひとつでしょ？」

「そうだね、でもそれは『さっき』の話だ」

言いながら、キーカはいつになく真面目な顔をターシャに向けた。

「あたしは言ったはずだよ、幸せな未来は望む者にしか訪れないと。でもあのとき、あんたは幸せを願っていたかい？」

「あっ……」

願うどころか、あのときのターシャは身を引くことばかり考えていた。それが運命だと思い込み、バルトがそれに気づけばいいとさえ思っていた。

「あれがいつ、どんな状況で起こる未来かは誰にもわからない。でも逆に考えてごらん、あのとき見えた不幸はたったひとつだった。だとしたら、他に無数の選択肢が……幸せな可能性が待っているかもしれない」

「なら、あの未来を回避することはできるのね」

「回避するには、まず望むことから始めないと」

そこでキーカがニヤリと笑い、ターシャに手を差し出す。

「今度はあんたがあいつに証明してやる番だ。そうだろ？」

差し出された手を摑むのはまだ少し怖い。でも、もしも幸せな未来を見ることができたら、それを現実にできたらと願わずにはいられなかった。

「わかった。私に未来を見せて」

「可愛い孫の頼みだ、特別にただで見てやるよ」

こんなときでもいつもの調子を崩さぬキーカに笑いながら、ターシャは祖母の手をぎゅっと握りしめた。

途端に、ターシャの未来が彼女の中へと流れ込んでくる。

最初に見えたのは、先ほどと同じ悪夢のような未来だ。

(……これも、やっぱり未来のひとつなんだ)

そして残念ながら、他にも目を背けたくなるような未来もあった。

(ああでも、それだけじゃない……)

どの未来も見えるのは一瞬だったけれど、そこには確かに幸せだと感じる瞬間があった。

「ターシャさん!!」

だが幸福に浸る時間は長くはなかった。悲鳴にも似たディンの声が響き、ターシャとキーカは弾かれたように手を放す。するとターシャの気分が、そこでまた悪くなる。確かにこの力は、夢よりもずっときつい。

「……いったい何事だい」

ぐったりしたターシャに代わってキーカが尋ねると、ディンが真っ青な顔で室内に駆け込んでくる。

「……バルトがまた倒れたんです。でも、いつもとまるで様子が違う」

まるで死んだようにまったく動かないのだと告げるディンに、ターシャは慌てて立ち上がる。

「無理はしないほうがいい」

青白い顔を見て、キーカが慌ててターシャを支えた。それに感謝しつつ、彼女はゆっくりと顔を上げる。

ディンを見つめるその眼差しに、もはや迷いはなかった。

目を開けると、そこには暗闇だけが広がっていた。

それを眺めながら、バルトはターシャのことを思っていた。

暗闇を見ていると、彼女と初めて夢の世界に入ったことを思い出す。あのときのように彼女の姿を見たいと思ったが、何度目を凝らしても暗い世界が広がっているだけだった。

代わりに不気味な足音が、ゆっくりと彼に近づいてくる。

『喜べバルト、もうすぐお前の願いが叶う』

闇の中、ぐったりと倒れ込んでいた彼を抱き起こしたのは、自分と同じ顔の男だ。

『お前の唯一の願いが、もうすぐ叶うのだ』

唯一の願い――それを思い浮かべた瞬間、目の前の男が不気味に笑う。

『そうだバルト、お前は余になる。そして余の威厳と栄光を、帝国の歴史に刻むのだ』

男が言葉を重ねるたび、彼の願いと感情がバルトの身体にしみこんでいくようだった。

(そうだ、俺は……余は……彼に……ならねば……)

『いい子だ。そのまま、余の心に身を委ねよ』

（余は、写し……。ただの、入れ…もの……）

『だから空にしたのだ。何も感じず、考えず、余に全てを委ねるようにとな』

勝ち誇った声が響き、バルトの心が少しずつ綻んでいく。

（ターシャが……繋ぎ合わせてくれたのに……余の心はまた……壊れるのか……）

悲しいと、バルトはそのとき思った。同時に寂しいと、身体を震わせた。

『ならぬ、余計なことは考えるな』

（ターシャ……）

『その名は忘れろ』

（……ターシャ……）

『それはお前に、必要のないものだ！』

激しい衝撃と共に、次の瞬間脚に激痛が走る。暗闇にいたはずが、気がつけば悪夢は過去と混ざり合い、目の前には棍棒を振り下ろす父の姿があった。

（そうだ、あのときも……なんども……俺は父に身体と心を壊された……）

でもそれを、労ってくれたターシャのことが胸をよぎる。

傷ついた脚のために作ってくれた塗り薬を優しく擦り込み、「早くよくなるまじないです」と彼女は醜い傷の上に口づけを落としてくれた。

（嫌だ、忘れたく……ない……）

『忘れろ！』

（彼女だけは……彼女との想い出だけは、失いたくない……）

『その執着がいずれあの娘を殺すぞ！』

激しい言葉が、唯一残ったバルトの望みをかき消そうとする。

「いいえ、あなたは私を殺さない」

だがそのとき、凛とした声がバルトのすぐ側で響き、父の身体が弾かれたように吹き飛ばされる。

「そしてバルトの心も、壊させない」

倒れたバルトを抱き支えたのは、ここにいるはずのないターシャだった。

「な…ぜ……」

「今度は私が証明しに来たんです。バルトとの、幸せな未来を」

『そんなものはない、耳を傾けるな！』

父の叱責が聞こえたが、それよりも早くターシャがバルトの手を握る。

次の瞬間、周囲の闇が砕け散り、代わりに美しい光景が目の前に現れた。

――ターシャ、俺は今すぐそなたに口づけをしたい。

――だ、だめです。式が終わるまでは、我慢してください！

二つの声につられて顔を上げたバルトの目に飛び込んできたのは、美しいウエディングドレスに身を包んだターシャだった。

「……隣に、俺が……いる……」

「ええ。だってバルトが言ったんですよ、私を妃にすると」

それが叶う瞬間を見届けると、今度は別の光景が次々バルトの目の前に現れた。

小さな子供を抱き、幸せそうに笑う自分がいた。

くだらないことを言って、ディンに叱られる自分がいた。

何かに思い悩むような顔をしていた自分の姿もあったが、その傍らにはいつもターシャが控え、彼を優しく支えてくれていた。

二人は年を取り、子供は大きくなり、彼らの住む国は小さな問題を抱えながらも穏やかに繁栄していた。

そして二人は老いるまで、片時も離れず側にいた。

『そんな未来は、偽物だ！』

父の声は糾弾したが、バルトの心には父の言葉はもう届かない。

「叶うのか……この未来が……」

「あなたと私が、そう望むのなら」

ターシャの言葉に、今まで動かなかった身体にゆっくりと力が戻る。腕を持ち上げ、彼女を抱き寄せ、バルトはようやく自分を取り戻した。

「俺が望むのは、ただひとつ……そなたとの幸せな未来だけだ」

願いを言葉にした途端、獣のような絶叫が響き、目を血走らせた父が目の前に現れた。

バルトの脚を砕いた棍棒を手に、父が睨んでいたのはターシャだ。

『お前の望みは、そんなものではない！』

手にした棍棒をターシャに向かって振り下ろそうとしている父を見て、バルトは猛然と立ち上がった。

ターシャを助けたいと願った瞬間、その手に剣が現れる。そしてバルトは容赦なく、父の胸にそれを突き立てた。

『……ちがう、お前が消すのは、余ではない……』

「いや、消えるのはお前だ」

『ちがう……違う、違う、違う違う、違う、違う、違う、違う、違う』

壊れたように繰り返しながら、父はバルトの肩を掴み、血を吐く。

『余を、完全に消すことなど……不可能だ……』

「なら、何度でも、こうしてお前に刃を突き立てる」

『消えない、余は絶対に……消えない……』

「だとしても、俺のターシャへの想いも消えない。そしてお前への憎しみも消えない」

父の身体を突き飛ばしながら剣を抜くと、ターシャがバルトの腕をそっと掴む。

「私もバルトを守ります。だからもう二度と、現れないで」

ターシャの言葉に、父の姿が灰のように崩れ、闇へと消えていく。

それを見つめながら、バルトはターシャの身体を抱き寄せた。

「きて、くれたのだな……」

「あなたが目覚めないと聞いて、きっと悪夢に囚われているのだと思って……」

「そのとおりだ、本当に……情けない……」

ターシャに身を寄せながら、バルトは大きく息を吐き出す。

「でももう、同じ失敗は繰り返さぬ。父の意志……幻に負けたりもしない」

「バルトなら、もうきっと大丈夫です」

だから目覚めましょうと、ターシャが優しく笑う。

「ディンも、心配しています」

「……側にいるのか？」

「はい。あんなに取り乱したディンを見るのは初めてでした」

ならば安心させねばと思いながら、そこでじっとバルトはターシャを見る。

「どうしました？」

「いや、ディンが側にいるなら先にこうしておこうと思った」

言うなり、バルトはターシャの唇を優しく奪う。

さっきまではあんなに凜々しかったのに、キスをしただけでターシャは照れて項垂れる。

「人の目があると照れると思ってここでしたのに、ターシャはやっぱり恥じらうのだな」

「だ、だって急に……」

「急ではない。ずっとこうしたかった」

そしていつも、どんなときも、バルトはターシャに口づけたいと思っている。

そんな言葉と共に目覚めへと歩き始めると、ターシャはさらに慌てだし、起きた瞬間ベッドから転がり落ちそうになる。

「我が妻はそそっかしいな」

「つ、妻はまだ早いです！」

慌てるターシャにバルトは笑い、結局そこでもう一度キスをする。

その様子に「心配させておきながら、なんで毎回不真面目なんですか！」とディンの叱責が飛んだ。その声が震えているのを察し、バルトは兄に笑顔を向ける。

「ははっ、ディンの泣き顔はひどい」

「ひどいのはお前だろう！」

言うなり頭を叩かれたが、ささやかな痛みはバルトの幸福の証だった。

第七章

「……今日の最後の議題は『プロポーズに失敗した場合の対処法について』だ」

大真面目な顔で馬鹿なことを言い出す弟を見つめながら、ディンは評議室に響く爆笑に耳を痛めていた。

「えっ、またプロポーズ失敗したんですか？」

「何度目ですか陛下！」

「これこれ騒ぐな。まずは陛下の話を聞こうじゃないか」

発言は挙手制だったはずなのに、気がつけば『最後の議題』だけは完全なる談笑状態で最年長議員であるフリードまで笑っている。

「失敗したというか、気づいてもらえなかった」

バルトの言葉に「あんなにすごい計画を立てたのに！」と大半の議員が驚くが、ディンに言わせれば成功するほうがおかしい。

（あれのどこがすごい計画だ……。あまりにひどすぎて、見届ける俺がどれほどヒヤヒヤしたと思ってる！）

そんな思いで手元の書類をぐしゃっと握り締めていると、隣に座るヒルデガルドが『落ち着け』と書かれたメモをこっそり渡してくる。

彼女も含め、遠慮がなくなったことを憂うべきか喜ぶべきか、近頃ディンは悩んでいる。

ターシャを妃にすると、バルトが宣言してからもうすぐ一ヶ月が経つ。

もちろん最初は渋い顔をする者もいた。でもそれを応援すると決めたのは、宣言の後、バルトがもう一度倒れたのがきっかけだった。

ターシャのお陰で、バルトは父親の呪縛から解き放たれた。だが彼の負った心の傷は、たった一晩で全てが癒えるほど浅くはない。

むしろ前に進むと決めたことで、記憶や感情、感覚が戻り始めたのはよかったが、必ずしもそれは彼にとって救いではなかった。

バルトが倒れた日、論じられていた問題は前皇帝が残した処刑場についてだった。

前皇帝が秘密裏に建設し、罪なき人をいたぶり楽しむために作った施設が、今になって発見されたのだ。施設には無数の遺体が残されており、その素性がわからないのが大きな問題となっていた。

目を背けたくなるような議題に、多くの議員が意見さえ言えなかったとき、バルトが資料を見て「自分なら遺体の身元がわかるかもしれない」と言い出したのだ。

彼は父に連れられ、そこで人が殺される姿を見るように言われていたらしい。その記憶を思い出すと言い出したバルトをディンは慌てて止めた。父の幻はもう見ないと言っていたが、それでも古い記憶が彼を苦しめるとわかっていたのだ。

けれど彼は忠告を聞かなかった。可能なら遺体を家族に返したいと、処刑場で聞いた名前を必死に書き出していた。

そうして何とか半数の名前を書き出したところで、彼は頭を押さえながら、その場に頽れたのだ。慌ててディンが抱き起こすと、その目からは大量の涙がこぼれていた。

それに彼自身が誰よりも戸惑っていたが、意識があったのはそこまでだ。

突然激しく咳き込むと、バルトは自我喪失状態となり、獣のように苦しみのたうち回り始めたのだ。その間も涙は止めどなく溢れ続けていた。

あまりの光景に皆がなすすべもなく立ち尽くしていたとき、ディンが慌てて呼び出したターシャが駆けつけた。

ターシャは苦しみ暴れるバルトを恐れることもなく、優しく宥め、落ち着かせた。

その後バルトは三日三晩の間涙を流しながら苦しみ続けたが、ターシャはそれに取り乱すことなく、側に寄り添い労り続けた。

その様子を見て、議員たちは前皇帝がバルトに行った所業とその罪深さを痛感したのだろう。ここにいる者たちは、皆多かれ少なかれあの男の手によって大切な者を奪われている。当時のやるせなさと悲しみ、そして苦しみをバルトの中に見たことで、すでに芽生えつつあった彼への情は膨らみ、「二人の結婚を認めるためにはどうすればいいか」という話し合いは自然と始まった。

バルトを献身的に世話するターシャを直に見たこともあり、出自を別にすればバルトに相応しい女性だというのが議員たちの見解だ。

それに、ディンはとてもほっとした。

バルトの状態を見れば、結婚どころか皇帝から下ろそうという意見が出てもおかしくはなかったが、復調したバルトを迎える議員たちは皆優しかった。

むしろ皆遠慮がなくなり、バルトが落ち着きすっかりいつも通りになると「この奇天烈(きてれつ)な言動にもついて行ける相手を捜すなんてそもそも無理だ」という意見まで出る始末である。ディンも、そこは同意である。

そして現在、少しずつ根回しは進み、来年には正式に二人の結婚を発表できそうだ。

(ただ、その前にプロポーズが成功するかが微妙だが……)

バルト同様、ターシャも結婚の意思は固めてくれている。とはいえ一度、公式にプロポーズはすべきだろうという意見が出たが、その方法が妙にずれているせいでバルトは失敗を重ねている。

普通に指輪を渡せばいいのに、薔薇(ばら)やケーキの中に隠したり無駄にこったデートの後に渡そうとするのだ、バルトが上手くやれるわけがないのである。

そしてついに、昨日は正面から指輪を差し出したそうだが、『高価なものはいりません。それよりご飯にしましょう』と華麗に流されたらしい。

「今度こそは気づかれるようにと、大きな宝石のついた指輪にしたのになぜだ……」

そう言って頭を抱えるバルトに、議員たちは同情の眼差しを向けている。そんな中、静かに手を上げたのはヒルデガルドだ。

「そもそも、ルシャには指輪を贈るという習慣がないので気づかれないのでは？」

ここ数週間で、もっとも為(ため)になる意見が出た瞬間だった。

「ないのか？」

「ないはずです。その上過去に行った贈り物作戦の結果を分析したところ、ターシャさんは高価なものを好まない傾向があります」

「分析までしてくれたのか」

などとバルトが感激の声をあげると、ヒルデガルドはため息をこぼす。

「この私が必死に根回しをしているというのに、ここで拗れて失敗されたらたまりませんので」

ツンとした声で言うが、何だかんだ言いつつバルトたちの結婚に一番協力してくれているのは彼女だ。血縁主義の貴族たちを宥め、不満を上手く抑えているのはヒルデガルドの手腕である。

「なので今後は私も意見を言わせていただきます。議員の皆様方は、女心がまったくわかっていないようなので」

「うむ、わからないので頼む」

バルトは素直に喜び、他の議員たちはそれぞれが何かを思い出して渋い顔をしている。たぶん日頃、奥方たちから同様の文句を言われているのだろう。

(たしかに、彼女に任せたほうが話は進みそうだ)

そう思って、ディンはほっと肩の力を抜いた。そしてヒルデガルドを消さなくてよかったとひどいことを考えながら、ゆったりと成り行きを見守る。

呆れるようなやりとりも、慣れてしまうと悪くはないなとディンは思う。バルトの発言に頭が痛いときもあるが、弟に困らされるのがディンは嫌いではないのだ。

部屋の窓から夕日が差し込む頃、どこか弾んだ杖の音が遠くから近づいてくる。

それに気づいたターシャは慌てて身支度を調え、部屋の入り口へと駆け寄った。

ノックもなく入ってくるのは、もちろんバルトである。

「おかえりなさい」

そう言って出迎えると、バルトは杖を放りだしターシャにぎゅっと抱きついてくる。

杖を失った彼の身体が僅かに傾くのを支えながら、ターシャは恋人からのキスを優しく受け止めた。

（せめて座るまで我慢したらいいのに）

などと思いつつも、言葉より先に落ちてくるキスが嫌なわけではない。

だが倒れて以来、身体の調子を悪くしているバルトが心配で、ターシャは慌てて暖炉の前に置かれた安楽椅子に彼を座らせた。

「今日はいつもより足取りが軽いようですが、お身体の調子もいいのですか？」

「ああ。脚は痛むが、それもだいぶよい」

このところ、バルトの感情と身体の感覚は前にも増して戻りつつある。だがそのせいで、彼は『痛み』に敏感になり、特に脚の調子を悪くしている。

「今日、久々に仲間に会って薬をもらってきたんです。あとで塗って差し上げますね」

「そういえば、今日はキーカの店に行くと言っていたな」

「はい、仲間たちが住む場所も見学してきました」

都市の開発にルシャの力を使いたいとバルトが宣言したとおり、ターシャの仲間を含む多数のルシャが都市開発への協力を打診された。

引き換えに報償と帝国への永住権が与えられると聞き、驚きと共に不安を抱いた者も多いようだったが、仲介役に入ったキーカの働きで、ルシャたちはこの地に根を下ろすと決めたらしい。

元々帝国は移民も多い国だし、他の地に比べればルシャへの迫害も少ない。そこに住めるのであればと、皆は心を決めたのだ。

そして今日、ルシャに用意された移住区に住まいを移したキーカに、ターシャは会いに行ったのだ。

「キーカは、元気にしていたか？」

「相変わらずです。勝手に『皇帝陛下御用達（ごようたし）の占い師』って看板を出して、めちゃくちゃ稼いでました」

「嘘ではないだろう」

「でもあの、いいんですか？」

「かまわぬ。キーカの見た未来が、俺を救ってくれたのは事実だ」

「逆に、ひどい目に遭ったのもキーカの見た未来のせいですよ？」

「あれのお陰でターシャが俺といると決めてくれたのだ、今思えばあれも良い夢だったのかもしれない」

　バルトの前向きさに笑いながら、ターシャはそっと彼の肩に身を寄せる。

「でも私はしばらく、未来を見るのはこりごりです」

「俺は毎日でも見たい。ターシャのドレス姿は可愛かった」

「……そ、それはその、いずれ現実で見ればいいでしょう」

「毎日見たいのだ」

「あのドレスは毎日着るものではありません。それにほら、最近はバルトがくれたドレスを着ているし、これで我慢してください」

　そこで立ち上がり、ターシャは纏ったドレスの裾をバルトの前で翻す。

　帝国のドレスは自分には似合わないと思っていたが、袖を通してみると着心地もいいし、何よりバルトが喜んでくれるのが嬉しい。

　今も嬉しそうに目を細め、バルトは「我が目に狂いはなかった」と少し得意げだ。

「その赤いドレスは、絶対に似合うと思った」

「ありがとうございます。大切に着ますね」

「あとそうだ、これも」

　そう言って、バルトがおもむろに美しい小箱を取り出す。蓋を開けるとそこには見覚えのある高価な指輪が入っており、ターシャは呆れた。

「ですから、高価すぎるものはいただけないと……」

「これは、贈り物ではない」

言うなり、バルトはターシャの左手を取ると勝手に指輪をはめる。

ぴたりとはまったそれには、バルトの目と同じ蒼い宝石が入れられていた。

「贈り物でないとしたら、いったいなんですか」

「婚約の証だ」

「へ？」

思わず間抜けな声を上げたターシャに、バルトが困ったように笑う。

「帝国では、結婚したい相手に宝石のついた指輪を贈るのだ」

初めて聞く話に、ターシャははっと青ざめる。

「す、すみません！　そうとは知らず、何度も突き返してしまって……」

「いや、ルシャに馴染みのないしきたりだと知らなかった俺が悪い」

それに……と、バルトはターシャの右手を取り、手の甲にある痣にそっと唇を寄せる。

「俺もルシャの血を引いているなら、ルシャのしきたりで求婚すべきだった」

力の証である痣に三度口づけし、そして返した手のひらにもう一度口づけをする。

それがルシャが行う求婚の儀式だ。それを真似て口づけをされると、薬指にはまった指輪の意味もようやく理解できる。

「正式に婚姻を結ぶまでもう少しかかるが、そなたを永遠に愛すると先に誓わせてくれ」

「は、はい……」

震える声で答え、ターシャはバルトが口づけてくれた手のひらをぎゅっと包み込む。

愛を逃さぬようにと、こうして手を握り締めるのが、求婚を受け入れるという合図なのだ。それを知っていたのか、バルトは微笑みながらターシャを抱き寄せる。

「ようやく、そなたに正式な求婚ができた、長かった」

「それは、本当にすみません」

「いや、皆とプロポーズの方法を考えるのは楽しかったからよい」

バルトの言葉に、ターシャは彼に協力してくれる人がいることに安心する。

決して幸福とは言えない人生を歩いてきたバルトだけれど、自分を含め彼を慕い大事に思う人がいてくれる。それがとても嬉しかった。

「皆さんに、私からも今度お礼をしたいです」

「そうだな。いずれ改めて紹介する場をつくろう」

言いつつ、そこでなぜかバルトは僅かに不満そうな顔をする。

「どうなさいました？」

「いや、議員を含め今後多くの者にそなたを紹介せねばならぬことに、今気づいた……」

「それが、ご不満ですか？」

「不満……なのだろうか？　そのときのことを想像すると、とてもモヤモヤする」

以前より感覚や感情が戻ったバルトだが、それでもまだ自分の気持ちや考えに彼は疎い。そもそも考え感じることを許されてこなかったため、自分の感情の理由を知る方法を知らないのだ。

「……でもそうだな。俺はたぶん、ターシャを人に紹介するのが嫌なのだ」

彼の言葉に、少し前のターシャなら意味がわからず不安がっていただろう。

身分の低い自分だから紹介したくないのだろうと、考えていたに違いない。

しかしバルトは、そんなことを考える男ではないと、今は知っている。

彼に愛されているということで、自分への自信も生まれている。

だからターシャは下手に自分を卑下せず、バルト以上に正しく彼の感情を読み解いた。

「もしかして、嫉妬するからですか？」

「嫉妬？　これがそうなのか？」

「私のこと、独り占めして見せたくないって思っていませんか？」

自意識過剰とも取れる発言をするのは少し恥ずかしいが、バルトの表情を見るにターシャの考えは当たっていたらしい。

「そのとおりだ。ターシャは美しく優しいから、きっと皆が夢中になってしまう……」

「それが、嫌なんですね」

「嬉しいが嫌だ。皆にターシャを取られるかもしれない」

「誰も取ったりしません。それに私はあなたに夢中だから、誰よりもバルトを優先します」

安心させるように、ターシャは自ら彼の胸に飛び込みぎゅっと身体を抱き締める。

するとバルトは納得したのか、嬉しそうにターシャを腕に閉じ込めた。

「そなたは、俺のものだ」

「ええ。証も、ちゃんとあるでしょう？」

指輪をバルトの顔の前に示せば、彼は突然ターシャの身体をぐっと持ち上げる。

「だ、ダメです。脚の傷に障ります」

「今日は調子がいいと言っているだろう。それにそろそろ、我慢できそうにない」

言うなり、バルトはターシャを抱え寝台へと移動する。

「いい加減、そなたとしたい」

「ま、毎晩しているでしょう」

「全て夢の中ではないか。俺は、現実のそなたと肌を重ねたい」

ターシャを押し倒し、バルトは彼女の首筋に強く口づける。

「……あ、ん……」

「そなたの身体も、そろそろ我慢できぬと訴えているぞ」

「そんな……こと……」

ないと言いたかったけれど、口づけひとつで身体は色付き熱を上げている。何せこの一月、バルトとは触れ合えていなかったのだ。

夢の中で父親の幻を打ち倒して以来、バルトは身体の感覚が異常なほど過敏になっていた。過去に受けた虐待や拷問の記憶、当時の痛みさえ思い出すようになり、評議の場で倒れたのはその限界を超えてしまったからだ。

故に、ようやく想いを重ねたものの、体調を崩しとてもではないが身体を重ねられる状態ではなかったのである。

彼を身体と心の痛みから救うために夢の中では激しく愛し合ったが、身体が落ち着くまでは過剰な刺激を肉体に与えるべきではないと医者にも言われていた。

だからずっと我慢してきたけれど、毎日のようにバルトに触れられ乱されてきたターシャの身体は、触れ合いがなくなったことで日に日に欲求不満を募らせていた。

「……まだ、だめです」

「安心しろ。先ほど医者のところへ行き、許可はもらった」

「い、いつのまに……」

「そろそろ限界だと強く訴えたら、『ターシャさんに優しくなさるのならかまいません』と言われた」

バルトではなく自分のほうが心配されるほど、強く訴えたのかと思うと恥ずかしくなる。

「その指輪だけでなく、そなたの身体にも証を刻ませてほしい」

甘い懇願を、ターシャは突っぱねることなどできはしない。

彼の願いは、彼女の願いでもあるのだ。

「……私も、証が欲しいです」

恥じらいを捨てて告げると、バルトは嬉しそうに唇を奪ってくる。

最初は鳥が餌を啄むような優しい口づけだったが、角度を変えて口を吸われるたびに、バルトの表情に色香が増していく。

口づけも淫らなものへと変わり、それを受け入れるターシャの表情も甘く蕩け始めた。

そして二人は、口づけを交わしながらお互いの衣服をゆっくりと脱がせる。

「これは、つけていてもいいですか？」

裸になった後、ターシャが指輪を撫でながら言えば、なぜだかバルトはこらえきれないという顔でターシャの首筋に食らいつく。

「あ……だめ……って、こと……？」

「だめなのは、そのおねだりだ。……可愛すぎて、手加減ができなくなる」

「あっ……、手加減…なんて……」

いらないと言おうとしたが、バルトの舌が首筋から乳房へと移ると、それどころではなくなる。

「んッ、そこ……ひさびさ……だから……」

「いいのか？」

「よす、ぎて……」

時間が経って落ち着くのかと思ったが、むしろバルトによって与えられる刺激は、以前より強くなっているような気がする。

それを察したのか、バルトは形が変わるほど強くターシャの胸に指を食い込ませ、先端を食みながら揉みしだく。

「ア…嚙むの……や、あ……」

揉まれるだけで心地がいいのに、乳首を舌や歯で刺激されるとそれだけでターシャはいってしまいそうになる。

「そなたは、胸が弱いな」

淫らな愛撫を施しながら、バルトがふっと笑みをこぼす。

妖艶（ようえん）ささえ感じる表情を見ると、それだけでターシャの腰が甘く疼く。

近頃ターシャは、こうしてバルトと目を合わせるだけで、身体が反応してしまうことが増えた。

特に自分を求める顔を見るとたまらなくなり、夢の中では目を合わせただけで達してしまったこともある。

（でもあれは、夢……だからだと思ってた……）

淫夢の中では、お互いの欲望がより強く反映される。だから視線と共に向けられたバルトの望みが、ターシャを快楽に落とすのだと思っていたのだ。

「ああ、その蕩けた顔がたまらない」

けれどターシャを見つめるバルトの身体もまた強く反応しているのを見ると、夢の中だけで起こる現象ではないらしい。

顔を見ただけで、視線を絡めただけで、触れられたときのように身体は淫らに反応してしまうものなのだ。

「なら…もっと、みて…ください……」

「見られるのが、好きなのか？」

「はい。……ンッ、それに私も、あなたが……見たい……」

ターシャを愛し、彼女に愛されたいと望むバルトの表情はターシャにとって甘い毒だ。

「ならば、果てる姿を俺によく見せてくれ」

乳房への愛撫を中断し、バルトは身体を起こすとターシャの腰をぐっと持ち上げる。

「ここをほぐす間、存分に啼いて乱れるとよい」

バルトの前に晒された陰唇を、彼の指が撫でる。

「ア……、そこ……まだ……」

「まだと言うが、もうぐちょぐちょだ」

「胸、された……から……」

「なら両方触れたらもっと、蕩けるか？」

　身体を前に倒し、バルトは胸の頂きに指を這わせる。同時に花芽の場所を探ろうと指が蠢いていることに気づき、ターシャは身悶えた。

「い、一緒は……いや……」

「案ずるな、どちらも優しくする」

「だめ……身体……、壊れて……しまいそう……」

「壊れてもいい。そなただって、壊れた俺を愛し抱き締めてくれただろう」

　案ずるなと言う声が響いた直後、バルトは二つの頂きをキュッとつまみ上げる。

「ふぁ……ああ、だめ……ぇ……」

「すごい感じ方だ、やはり心地いいか？」

「いい……あぁ……もう、きちゃう……」

「ならば、存分に果てればよい」

　快楽に溺れるターシャから目を逸らさぬまま、バルトは乳首と蜜に濡れた芽を捏ねる。

「あぁ、もう……もう……」

全身から汗が噴き出すほどの刺激にターシャの膣が小さく痙攣し、あっという間に絶頂へと導かれる。

「さあ、乱れる姿を俺に見せてくれ」

期待に満ちたバルトの眼差しを見た瞬間、ターシャは背中をぐっと反らし、獣のような淫らな喘ぎ声をこぼした。

もはや言葉にならない声が室内に響き、四肢を痙攣させるターシャの身体に合わせ寝台が揺れる。

「そなたは、乱れていても美しい」

あまりの心地よさに右も左もわからなくなったが、バルトの声だけは耳に届く。

「でもまだ、足りない」

こらえるような声が響いたかと思うと、蜜を垂れ流すターシャの秘裂を何かがゆっくりと押し開く。

「ア……ぅあ、ン……」

ターシャの意識はまだ朦朧（もうろう）としていたが、入り口を広げる動きに身体はすぐさま反応を返す。ぼんやり視線を下げると、ターシャの中をバルトの指がゆっくりと押し広げる。

「直に触るのは久々だが、もうずいぶん柔らかい」

すでに指を二本もくわえ込みながら、もっととせかすように腰がビクンと大きく跳ねる。

けれどバルトの指使いはいつも以上に慎重で、執拗だった。

その後ターシャが達しかけてもなお愛撫をやめず、意識も身体もとろとろになるころ、ようやく彼は指を引き抜く。

「あ……ゃぁ……」

「案ずるな、すぐに俺が埋めてやる」

力を失って伸びきった膝を優しく立たせた後、バルトはターシャの蜜口にゆっくりと己を宛がった。

出会った頃からは想像もつかない逞しさを取り戻した雄芯の先端が、蜜をかき分けターシャの入り口を押し開く。

「んっ……」

痛みこそなかったが、挿入に伴う圧迫感にターシャは身体を震わせる。

ゆっくりと彼のものが中を進むと、途中からは引きつるような痛みが強くなった。

「痛むか？」

ターシャの表情を見て、バルトが慌てて腰を引こうとする。

けれどターシャは頭を振り、彼を求めるように腕を伸ばした。

「痛いけど、大丈夫です」

「しかし……」

みすら愛おしい。

「むしろ今、とても嬉しい……から」

現実では、こうしてバルトを受け入れるのは無理だと思っていた。だからこそ、この痛みすら愛おしい。

「お願い……私の願いを、叶えて……」

「俺を、求めてくれるのだな」

「バルト……バルトが、欲しい」

心も身体も、彼との未来も、全てが欲しいとターシャは手を伸ばす。

「俺も、ターシャの全てが欲しい」

伸ばされたターシャの手をとると、バルトはぐっと腰を突き出し楔を根元まで突き入れる。バルトのものはあまりに太すぎて、全身を痛みが駆け抜けターシャは涙をこぼす。

その涙をバルトが唇でそっと受け止め、舌先で優しく拭った。

「そなたの涙の味は、永遠に覚えていよう」

欲望を抱きながらも、響いた声は優しかった。

「んッ、バルト……バルト……」

もっと彼を感じたくなって名を呼ぶと、止まっていた腰の動きが再開される。

最初は痛みもあったが、バルトの先端が蜜壺を行き来すると、次第に愉悦のほうが勝り始める。

「きもち、いい……」

「痛みは、もうないか？」

「ない、から……」

もっと激しくしてほしいと目で訴えると、バルトは小さく頷いた。

ターシャがバルトの考えを読むのが上手くなったように、バルトもターシャのことを近頃は誰よりも理解してくれる。

「そうだな、俺もそなたを感じて乱れたい」

腰を穿ち、バルトの男根がターシャの中を激しく抉る。蜜を掻き出しながら抽挿を繰り返されると、ターシャはまたしても達してしまいそうになる。

（でも、今……いったら……熱をちゃんと、感じられない……）

ようやく夢にまで見た瞬間が訪れるなら、なるべく鮮明に彼の熱を記憶したかった。

右手でバルトの手を握り、左手でシーツをぎゅっと握りしめながら、ターシャはいきそうになるのをぎりぎりでこらえる。

そうしているとバルトの額に汗が滲み、甘い苦悶に彼の顔が歪む。

「んッ、バルト……」

「ああ、共に上り詰めよう」

呼吸を合わせ、二人はお互いを求め合いながら身体を震わせる。

そしてバルトの雄芯が一際強くターシャを抉った瞬間、彼女の中に激しい熱が放たれた。

「ああ、ッ……バルト……!!」

愛する男の名を呼びながら、ターシャは激しい熱と法悦に落とされた。

彼の愛と性を受け止めるのは、想像していたよりずっと苦しく、同時に心地よかった。

ぐったりと横たわるターシャと身体を繋げたまま、バルトは彼女の身体を抱き寄せる。

ターシャも彼を抱き締めたかったけれど、背中にそっと指を立てるのが精一杯だった。

でもバルトは満足そうな顔で、ターシャの髪に頬を寄せる。

「そなたが、愛おしくてたまらない」

耳元でこぼれた声に、ターシャは幸せを感じて微笑む。

彼が抱くこの感情を、どうして一時のものだと思い込んでいたのだろう。

こんなにも強くて純粋な愛が、消えることなどありはしないのに。

「私も、愛しています……」

だからありったけの想いを込めて、ターシャはバルトの耳元で、愛の言葉を紡いだのだった。

エピローグ

バルトの目の色と同じ美しい蒼い海が、ターシャの前に広がっている。

「綺麗……」

思わず声をこぼし、大きく息を吸うと潮の香りが鼻腔を擽った。

「やっぱり、夢の中とはぜんぜん違う」

そんな言葉と共に大きく背伸びをした瞬間、まるで拗ねるように逞しい腕が彼女をとらえた。

「俺と、どちらが綺麗だ」

聞こえてきた声に、ターシャは思わず吹き出す。

「海と張り合わないでください」

「だって最近、そなたは俺を綺麗だと言ってくれない」

不満そうな声に苦笑しながら振り返ると、そこには夫となったバルトの姿がある。

出会ってから一年半――。先頃ようやく結婚式を執り行った二人は、新婚旅行の最中だった。

この海を訪れるのはバルトたっての希望だったのに、ついて早々彼は妙な嫉妬心を抱いている。

(最近はようやく落ち着きが身についたと思ったけど、そうでもなかったのね……)

過去を克服したバルトは、この一年で別人のように逞しく立派になった。

感情のなかった顔には年相応の色香と落ち着きが芽生え、同時に彼本来の優しさがにじみ出ている。そして今はもう、彼を恐ろしいという者はいない。

むしろ最近では、女性からの人気も出始め、妻としてはちょっと複雑なくらいだ。

だからこそ「綺麗だ」と彼を褒めるのは何となく憚られていたのだが、どうやらそれが不満だったらしい。

「答えよ、どちらが綺麗だ」

「どうしたんですか突然。まるで子供のようですよ」

「たまにはいいだろう。それにここにいると、出会ったときを思い出さぬか?」

言うなりターシャを抱き上げると、バルトは覚えのある椰子の木の下に座った。

身体もすっかりよくなり、最近では杖もいらなくなった彼は、こうしてよくターシャを抱き上げる。

　故に自分のほうが子供になったような気がしていたが、ターシャの顔を覗き込む彼の顔はやっぱりいつもより幼く見えた。

「バルトのほうが綺麗ですよ。私にとっては、あなたが一番です」

　初めて顔を合わせたときのように、ターシャはバルトの頬に手を置く。

　あの頃とは違い、前髪を短く切ったことでバルトの顔はよく見えるようになった。

（うん、本当に綺麗……）

　出会ったときよりもずっと、綺麗で凛々しくて素敵なバルトに、ターシャは毎日のように恋をしている気がする。

「すまん、久々に『綺麗』と言われたくて、大人げないことをした」

　ふっと笑みをこぼし、バルトはターシャに優しい口づけを落とす。

「時々なら、子供のように甘えてくれてもいいんですよ？」

「甘やかさないでくれ。そなたに嫌われぬよう、ちゃんと大人になろうと頑張っているんだ」

　さすがに自分もいい年だしとため息をこぼすバルトに、ターシャは吹き出す。

「バルトも、ようやく恥じらいを覚えたのですね」

「ああ。最近はよく、出会った当時を思い出してものすごく恥ずかしくなる」

俺はなんて馬鹿だったのかと項垂れるバルトがおかしくて、愛おしくて、ターシャは思わず彼にぎゅっと抱きついた。

「でも私は、嫌いじゃなかったですよ」

「むしろ今の俺より好きだったりしないか？」

「さあ、どうでしょう？」

からかうように告げると、バルトがお仕置きでもするように甘いキスを唇に落とす。

「なら今の俺にもう一度惚れさせるまでだ」

今夜は覚悟しろと告げる声に、ターシャは照れながらも小さく頷く。

「いや、むしろここでするか？　昔、夢の中ではしただろう」

「そ、それは夢だからです！」

さすがに恥ずかしいと訴えると、バルトはからかっただけだと笑った。

「なら夢の中でまたしよう。海よりも俺のほうが魅力的だと、そこで思い知らせてやる」

嘘とも本気ともつかぬ物言いに苦笑しながら、ターシャはバルトの胸に身を預ける。

そのまま心地いい風に吹かれていると、バルトがターシャを抱く腕に力を込める。

「子供が生まれたら、またここに来よう」

「そういえば、キーカの未来であなたが子供と海で遊ぶ姿を見た気がします」

「確かに見たな。たしか、ターシャは水着で……」

「そっ、そういうことは思い出さないでください！」

「可愛かったから目に焼き付いていてな」

　水着と言えば、昔ターシャが見せてくれた水着は可愛かったと恥ずかしい想い出を語り出すバルトの口を、ターシャが小さな手で必死に塞ぐ。

「いいではないか、俺だけ昔を思い出して恥ずかしい思いをするのは嫌だ」

「むしろ、恥ずかしい程度でいったら私のほうが……」

「ああ、ハーレムなども作ったしな」

「それもやめてください！　それにあの頃は、バルトも同じくらい恥ずかしかったですよ！」

　ターシャは必死になるが、そんな彼女をバルトは可愛い可愛いと言うばかりだ。

「思えば、俺たちの愛の育み方はおかしなものだった」

　笑いながら、二人は木陰の下で思い出話に花を咲かせる。

　お互い赤面したり項垂れたりすることも多かったが、素敵な想い出だと笑える今はとても幸福だった。


【了】

あとがき

この度は『寡黙な皇帝陛下の無邪気な寵愛』を手に取っていただき、ありがとうございます！　自粛の有無にかかわらず家から出ない引きこもり作家、八巻にのはです。

何が起こるかわからないこの世の中、『いざという時に悔いの残らないように、思う存分残念なイケメンを書いておこう！』と決意を新たにする今日この頃です。

そんな気持ちで執筆した本作ですが、再び氷堂れんさんにイラストを担当して頂くことができて大変嬉しかったです！

今回も主役二人を格好良く&可愛く書いて下さって大感激でした。素敵なイラストを、本当にありがとうございます！

そして編集のHさん、コロナで大変な中でしたが今回もお世話になりました。感想とても励みになりました。ありがとうございます。

まだまだ世の中は落ち着きませんが、そんな時でもクスッと笑える楽しい作品を書いていきたいと思いますので、今後ともよろしくお願い致します！

この本を読んでのご意見・ご感想をお待ちしております。

◆ あて先 ◆

〒101-0051
東京都千代田区神田神保町2-4-7 久月神田ビル
㈱イースト・プレス　ソーニャ文庫編集部
八巻にのは先生／氷堂れん先生

寡黙な皇帝陛下の無邪気な寵愛

2020年8月7日　第1刷発行

著　　者　八巻にのは
イラスト　氷堂れん
装　　丁　imagejack.inc
D　T　P　松井和彌
編　　集　葉山彰子
発 行 人　安本千恵子
発 行 所　株式会社イースト・プレス
〒101－0051
東京都千代田区神田神保町2－4－7 久月神田ビル
TEL 03－5213－4700　FAX 03－5213－4701
印 刷 所　中央精版印刷株式会社

ISBN 978-4-7816-9679-9
定価はカバーに表示してあります。

『野獣騎士の運命の恋人』　八巻にのは

イラスト　白崎小夜